中国现当代文学研究文库

主编　韩春燕

自我的觉醒

——八十年代文学论

程光炜　著

北方联合出版传媒（集团）股份有限公司
春风文艺出版社
·沈　阳·

图书在版编目（CIP）数据

自我的觉醒：八十年代文学论 / 程光炜著；韩春燕主编．—沈阳：春风文艺出版社，2021.12
（中国现当代文学研究文库）
ISBN 978-7-5313-6140-4

Ⅰ．①自… Ⅱ．①程… ②韩… Ⅲ．①中国文学—当代文学—文学评论—文集 Ⅳ．①I206.7-53

中国版本图书馆 CIP 数据核字（2021）第 266056 号

北方联合出版传媒（集团）股份有限公司
春风文艺出版社出版发行
http://www.chunfengwenyi.com
沈阳市和平区十一纬路 25 号　邮编：110003
辽宁新华印务有限公司印刷

责任编辑：姚宏越	助理编辑：平青立
责任校对：赵丹彤	封面设计：马寄萍
印制统筹：刘　成	幅面尺寸：155mm × 230mm
字　　数：165 千字	印　　张：12
版　　次：2021 年 12 月第 1 版	印　　次：2021 年 12 月第 1 次
书　　号：ISBN 978-7-5313-6140-4	定　　价：45.00 元

目录

当代文学史研究

当代学人剪影

当代文学访谈

学术自传

当代文学史研究

柳青、皇甫村与二十世纪八十年代

1960年因出版“反映我国农村社会主义革命的史诗性”的“长篇巨著《创业史》”，柳青被称为“当代文学史上的一位杰出作家”[①]。重写文学史思潮后，这种评价不复存在。有的文学史教材，用六页篇幅叙述赵树理小说成就，对柳青仅给了三页[②]。有的教材章节甚至没出现他的名字[③]。柳青文学史地位的跌落，与新时期文学观念的重新洗牌有关，始于1978年的“农村家庭联产承包责任制”政策，也成为阅读《创业史》的障碍，并进一步带来历史遗忘的效果。

这个“文学史角落”，对理解以往历史的完整性丰富性究竟有没有意义，现在看不清楚。不过，假若以问题为导向来分析材料，就会牵连这位作家与二十世纪六十年代的关系，牵连到八十年代的评价标

---

① 张钟、洪子诚等：《当代中国文学概观》，北京大学出版社1986年版，第417页。

② 在洪子诚修订版的《中国当代文学史》中，讲述赵树理创作的内容是第85—90页，柳青是第91—93页。而在二十世纪五十一七十年代，柳青的地位似乎还要高于赵树理。北京大学出版社2008年版。

③ 在陈思和《中国当代文学史教程》的第二章“来自民间的土地之歌”中，提到的农村题材创作的作品是《山乡巨变》《锻炼锻炼》和《李双双》，未见柳青创作的描述。复旦大学出版社1999年版。

准，也就会“首先了解事实，然后解释事实，并在一套融贯的话语中将事实连接起来”[①]。虽然，现在还不到准确和全面地认识柳青的时候。

一、柳青在1978年谢幕

1978年6月13日，柳青在北京朝阳医院病逝，终年六十二岁。

1978年春节期间，由长期哮喘转为严重肺心病的柳青[②]，在西安四军医大西京医院治疗效果不佳，一个月后感染上绿脓杆菌，病情转危。为抢救柳青，出版《创业史》的中国青年出版社向中央有关部门打报告，申请来北京救治。经文化部副部长林默涵[③]和沙洪等人的帮助，柳青被安置在朝阳医院三病房。据柳青女儿刘可风说，因床位紧张，父亲整天咳嗽影响同室病友休息，这使父女俩极度不安。经出版社斡旋，后来换到一个小单间。

一次谈到战争的残酷时，柳青说如果身体不允许他把《创业史》写完，就写一篇不太短的短篇小说，以纪念战争中牺牲的战友。但最让他放不下的还是《创业史》。柳青的病情时好时坏，精神

---

① ［法国］安托万·普罗斯特：《历史学二十讲》，王春华译，北京大学出版社2013年版，第45、46页。

② 据邢小利、邢之美《柳青年谱》，柳青从小体质很弱，1933年十七岁在榆林中学念初二时，因“咯血过半月之久，肺结核病大作”，一个学期休学在家自学；次年8月，一边备考西安高中，一边“每天到医院打针，先后打了一百多针，止住了肺结核的发展”。长期困扰他的过敏性哮喘由此而来。1970年五十四岁时，“原来的哮喘病发展为严重的肺心病”。儿子搀扶他到陕西泾阳县三渠公社杨梧村的“杨梧五七干校”，领导不敢收留这位生活不能自理的病人，又由儿子送回西安小南门的家里。《柳青年谱》，人民文学出版社2016年版，第11、13、109页。

③ 林默涵（1913—2008），福建武平人。1929年入团。1938年入党，到延安马列学院学习。先后在《中国文化》月刊和《解放日报》工作。新中国成立后任中宣部文艺处处长、副部长，文化部副部长，中国文联党组书记等职。他是柳青延安“文抗”时期的朋友。另一个同柳青无话不谈的朋友是刘白羽。

状况也不稳定，医院虽全力治疗，效果仍不理想。此时，中国文联正召开第三届三次全体会议，这是“文革”之后，文艺界的第一次聚会。很多延安时期的老朋友，刚“解放”的老同志，不时来医院探望。“在最后的日子，父亲能见到他们，得到难言的宽慰。”然而，他越发耿耿于怀于那部没写完的长篇小说。柳青真切感到，稍微延长的生命对于他多么重要。一次“查房的时候，父亲苦苦地请求医生：‘再给我一年时间，让我再写一年吧！’医生走后，我酸楚的泪流淌不止，父亲说：‘你不要难过，肉体对我就这么一点意义，给人们留下一些研究上个时代的真实材料。’他喘口气后接着说：‘爸爸不怕死，有一天，我离开这个世界，会非常非常平静。’他明亮的眼睛里没有一丝悲伤和恐惧”[①]。

老编辑王维玲回忆说，1978年他到朝阳医院看望柳青时，也碰见过这种情形：“他的病情太严重了。二十四小时离不开氧气，还要不断地使用喷雾器、雾化器的辅助才能呼吸喘气。柳青聪明绝顶，他预感到留给他的时间不长了，但他又是一个十分理智、能克制自己的人。”“一次医生来查房，刚好可风出去了，他睁大了那双发光的眼睛，诚挚中带着几分乞求，悄悄地说：‘你让我再活上两年，有两年的时间，我就可以把《创业史》写完了！’”他接着说，1976年、1977年这两年，柳青就想奋力完成《创业史》的写作，即使完不成原计划的四部，也想让这部长篇留一个较为理想的结局。柳青在1976年10月15日致他的信中说：“原想今冬争取将二部上卷发到工厂，现在看来已经无望了。形势大好，自己倒更差了。不得已时请考虑先出一

---

① 刘可风：《柳青传》，人民文学出版社2016年版，第365—369页。刘可风是柳青与前妻马纯如女士生的第二个孩子。两人在延安离婚。新中国成立后马纯如带着三个孩子在北京生活，柳青一直给孩子寄生活费。“文革”前，刘可风考上北京大学无线电电子学系（今北大信息科学技术学院）。“文革”中柳青妻子马葳自杀，身边留下五个年幼的孩子。因柳青病重，1970年大学毕业的刘可风自愿到离西安不远的永寿县工作，就近照顾父亲，一直到柳青1978年去世，长达近九年时间。

部。”王维玲不同意先出一部，致信柳青：“文革”前一部印了70万册，至今还在流传，这说明第一部的寿命。读者仍在关心第二部，不如先出二部上卷，再重印一部。柳青来信同意：“七十余万册也不少了，至于书的寿命，确实只取决于它内在的思想力量和艺术功夫，某个时期的评价、销数和其他，随着时过境迁，肯定会失去影响，我已经不是一个青年，懂得一些道理。短暂的名利是一条无情的绊马索。许多有才能的作家被它摔倒了。革命家只要抓住真理，站稳立场，认清方向，一心一意地走下去就对了。”他意识到自己身体每况愈下，已不允许像二十世纪五六十年代时那样长久地思考，在一种惊人的耐力中写完这部长篇了。1978年春节，因病情恶化住进西安四军医大，柳青抱病修改二部上卷的前十二章。因担心写不成三、四部，修改时很注意人物思想发展的完整性和段落感。有些章节近乎重写，有的改动很大，消耗了他大量精力。在四军医大，他看到病房紧张，觉得自己患的是慢性病，在此修改作品影响不好，坚决要求转到长安县第六医院。长安县六院医疗条件不好，致使他病情出现反复，这样又回到四军医大。直到4月中旬，才把第十三章改完。柳青在信中说：“直到现在才完成十三章……望你们很快发工厂，补排上去。我最近开始给改霞擦点红。完了，如果有时间，如果赶得上——十三章字数如太少，我想把十四章也添上去。不过，十四章放在下卷开头最好。”最后一次来北京住院，柳青还告诉王维玲，如果不写三、四部，就把二部下卷的“口子”留小一点，人的思想、面貌，争取基本完成。王维玲说，你在长安县生活十四年，四部的构思已完成，如精力不够，就用录音机把三、四部的构思录下来。柳青告诉他：“长安县委有好几部录音机，回去就借一部，先录起来……”[①]

但历史与柳青的《创业史》之间出现了错位。就在他来京治疗

① 王维玲：《回忆柳青同志——纪念柳青逝世两周年》，《收获》1980年第4期。

的半年前（1977年11月20日），刘心武的短篇小说《班主任》在《人民文学》1977年第11期刊出。人们从作品释放的强烈信息捕捉到：一个时代结束了。这个时代，正是《创业史》描写的中心。刘心武在创作谈《根植在生活的沃土中》中信心满满地说："不少读者热情地肯定《班主任》'写真实''摆脱了帮味''能使人想到身边的人和事''感到亲切'。为什么我以前发表的作品不能获得这样的评价？仔细想来，关键在于以前或多或少总是有点从概念出发，而《班主任》是从生活本身出发来构思的。"①

刘心武这句并非影射柳青，但他与柳青之间，的确出现了"现在"/"以前"的错位。众所周知，在1963年严家炎批评梁生宝等"新英雄人物"身上的概念化问题，而柳青进行反批评的时候，这种错位就已经出现。"新时期文学"与"十七年文学"争论的问题，其实早就埋伏在二十世纪六十年代，只是人们习焉不察②。刘心武所忧虑的"真不真实"的问题，曾经是严、柳争执的焦点③。年轻的严家炎负气地指出："在他们看来，仿佛对新英雄人物形象仅需要热情，

① 刘心武：《根植在生活的沃土中》，《人民文学》1978年第9期。这篇文章在社会上产生很大的影响，除杂志发表外，中央人民广播电台的朗诵也起到了十分重要的传播作用。

② 参见严家炎《关于梁生宝形象》，《文学评论》1963年第3期。在此前后，作者还发表了《梁生宝形象和新英雄人物的创造问题》《谈〈创业史〉中梁三老汉的形象》等文章。柳青的回应文章《提出几个问题来讨论》，刊发于《延河》1963年8月号。参与讨论、实际是声援柳青的，还有蔡葵、卜林扉（林非）的《这样的批评符合实际吗?》（《延河》1963年11月号），李士文的《关于梁三宝的性格特征》（《延河》1963年11月号），冯健男的《再谈梁三宝》（《上海文学》1963年9月号），吴中杰、高云的《关于新人形象的典型化》（《上海文学》10月号），等等。这些批评家都以"典型论"为标准，批评严家炎对柳青小说的指责，以维护这位作家的社会声誉。

③ 严、柳两人原不认识，因1963年严著文批评《创业史》产生过误会。1967年初，严家炎去西安出差时，想要访问柳青，柳青本不想见他，但见面谈话后，化解了误会。1978年5月柳青在北京朝阳医院治病，严家炎曾到医院探望。

就可以不必从艺术实际出发做出实事求是的评价；仿佛探讨新英雄人物创造上的某些弱点，跟热情对待是不能并存的，或者简直就是不热情的表现；仿佛人物形象的思想教育意义，可以跟艺术表现的实际成就无关。”

柳青笔含不悦地回应道：“《创业史》这部小说要向读者回答的是：中国农村为什么要发生社会主义革命和这次革命是怎样进行的。回到要通过一个村庄的各阶级人物在合作化运动中的行动、思想和心理的变化过程表现出来。”而“批评者不分析这部小说的内容，强使内容服从形式，根据他自己关于英雄和‘尖锐的矛盾冲突’（他指的是‘面对面搏斗’）的特殊理解和特殊爱好，就批评这部小说主人公不真实，情节也是‘比较静止的状态’。在这个问题上，小说的描写和严家炎同志的分析，也存在着不可调和的矛盾。请大家讨论”。

越过案头这些暗黄的文献资料，笔者恍如感伤地看到了1978年春节伏在四医大病房木板上艰难地修改二部上卷前十二章的柳青先生。他没想到，1963年他与严家炎先生之间“现在”/“以前”的错位，1978年再次被刘心武先生的文章提起。当刘心武奋力创作“新时期小说”的时候，他还在修改以前的二十世纪六十年代小说。在“现在”/“以前”的历史枢纽点，他正与刘心武这一代新生代作家擦身而过。笔者明显感受到1978年柳青身上的悲剧性，却没有在这种悲剧性中释然，反而察觉到它在增加八十年代后认识柳青的难度；或是从另一方面又丰富了他的精神世界。

二、在历史深处看皇甫村

在二十世纪八十年代以来中国当代文学史频繁更新的地图上，位于陕西省长安县（今西安市长安区）的皇甫村，是一处被废弃的遗址。然而柳青在那里落户十四年，坐落在关中平原上的皇甫村仍值得今天细细地打量。

1949年4月16日，柳青离开延安赴北京。7月参加第一次全国文代会。1951年应团中央书记冯文彬和副书记蒋南翔邀请，参与《中国青年报》创刊工作，任编委和副刊部主任。10月随中国青年作家访问团出访苏联。刚出版的长篇小说《铜墙铁壁》受赏识[①]。次年夏，“为方便深入生活和写作”，在对生活根据地进行选择后，“决定在西安附近落户”。柳青多方考察，后听从中共中央西北局宣传部部长张稼夫建议，到距西安二十里、“开会、听报告”都较方便的长安县落户，担任长安县委副书记，后改任县委委员。9月30日，柳青写道：“我已经下了决心，长期地在下面工作和写作，和尽可能广大的群众与干部保持永久的联系。”于是，从1953年到1967年，柳青在长安县王曲区皇甫村半山坡那座旧庙中宫寺一住就是十四年[②]。

柳青不像二十世纪五十年代的有些作家把“深入生活”当成走马观花，而是真正扎根农民中间。“他不仅在县上兼了一定的领导职务，而且简直把自己变成了农民中的一员，与他们同甘苦共欢乐。因此，他对农民有了很深的感情。”他了解农民的利益，更关心他们的命运和心曲[③]。皇甫村距王曲镇五里地，每逢三、六、九集日，村里人吃过早饭，就掩上街门，三三两两走上去王曲镇的大路。柳青也提上筐，放上醋、酱油瓶子，夹杂在人群中，跟几个老汉边走边说。他戴个瓜皮帽，穿一件中式对襟褂子，把眼镜放在兜里，粗糙的棕色皮肤和农民历经风吹日晒的皮肤完全一样。“到了王曲镇南街供销社门前，他故意挤着排队，并和排队的人交谈，问这问那。到了跟前又借故不买，又跑到后面挤，有时还与一些人争执：‘我这里

① 据刘可风《柳青传》：1951年底柳青访苏回国，听说江青希望他将长篇小说《铜墙铁壁》改成电影剧本。人民文学出版社2016年版，第111页。

② 邢小利、邢之美：《柳青年谱》，人民文学出版社2016年版，第29—38页。

③ 何西来：《流派开山之作》，为《创业史》重印本序，《延河》2006年9月号。

站着，你为啥要站到前头？'"他这是“为了熟悉生活，体会排队的滋味和观察群众的心理活动，倾听排队人群对组织互助组、建立农业社的建议”[①]。

柳青没觉得自己是作家，而像基层干部一般直接参与了成立互助组和农业社的全过程。县委指示，王曲地区的互助合作运动由他具体领导。1953年3月，为方便工作，柳青把自己和妻子马葳的组织关系转到皇甫村。马葳担任皇甫村党支部副书记兼文书职务。后来调到王曲区被委任为团委书记、党委副书记。1955年5月，胜利社肖德胜等三户社员，见自己地里麦子长得好，闹着要退社。区委书记孟维刚和乡党支部冯继贤赶紧向柳青汇报。“柳青听后，要亲自去处理这个问题。三人走向蛤蟆滩的滈河边，河里涨水，河上无桥，从秦岭流出消融的雪水，一浪接一浪地奔流，水面上还漂浮着白色泡沫、树枝、杂草等。孟维刚劝柳青不要过去了，柳青坚持过河，一手拿着拐棍，一手挽裤腿脱鞋，准备涉水过河。孟维刚先下河探水深浅，发现河中间水挺深，消融的雪水冰冷入骨，就背上柳青过河。晚上十点多钟，二十九户社员代表都到了会场。柳青喘着气，拄着拐棍，站在群众中，讲了旧社会农民的苦难，合作化道路的前途，社会主义的好光景，讲了一个多小时。会议一直开到次日凌晨四点多，平息了退社风波。散会时，东方已经发白，三人来到社主任王家斌家里，柳青哮喘病加重，咳嗽不停，上气不接下气，只喝了半碗汤，然后用被子垫在草棚炕上睡了会儿。天大亮时，三人离开胜利社。”[②]

王家斌[③]乃《创业史》梁生宝的原型，一个踏实、沉稳和吃苦耐

---

① 孟维刚：《忆柳青深入生活逸事》，董颖夫等编《柳青纪念文集》，西安出版社2016年版，第233页。

② 邢小利、邢之美：《柳青年谱》，人民文学出版社2016年版，第45页。

③ 王家斌，原名肖浩奇，人称浩娃。1919年12月生，小柳青三岁，原籍长安县子午镇张村。1929年随父母逃荒讨饭到皇甫村。父亲病逝后，母亲另嫁王三，于是随父姓，改名王家斌。

劳的社主任，是柳青着力培养的乡村基层干部。有一天，一个驻社干部向柳青反映，社里的账目很乱，柳青听说后心急火燎地跑到县上，在县委门口就劈头盖脸地批评起王家斌来："社里没安排好就到县上来，屁股擦干净才能走，没擦净怎么出门呢？"王家斌丈二和尚摸不着头脑，被当众批评得眼泪哗哗地流。柳青回去向村民调查，很后悔自己听了不实之词。王家斌后来这样说柳青："他对普通农民从来不发脾气，也不说重话，要求脱产干部和俺也要这样。他经常提醒我们做农民工作时，说明问题不要面面俱到，一次就讲一两个问题，用农民熟悉的语言和实例，把道理说深说透，让人们真正理解党的政策。"因为感念柳青把自己这个旧社会的长工培养成党的基层干部，成立高级社的狂风刮下来的时候，省委工作组想把柳青打成"右倾分子"，计划从王家斌这里找突破口。这个诚实的农村汉子承受着巨大的压力，极力保护柳青。工作组让他"交代"，说交代了就没事了。"王家斌一下悟出来：'这是要找柳青的岔子，贵贱不能把柳青说出来。'最后就干脆放声大哭，再问，他就是个哭，会议只是把陈尊祥和他的报告批了一通，无果而散。"①1969年，在马葳不堪凌辱跳井自杀，柳青被关在"牛棚"，家里剩下五个年幼的孩子，春节揭不开锅的艰难日子里，还是这个有情有义的农民，悄悄拿来了二十元钱和一袋大米。

这些史料文献让人看到，一个高级干部（行政十级）②，宁愿放弃北京和西安优越的生活待遇，穿中式对襟衣服，戴农夫的草帽，拄着拐杖，与皇甫村的农民和基层干部朝夕相处。他的举止言谈、黝黑的面孔，与当地农民无异。他为他们成立互助组、解决邻里矛盾出谋划策，参与社里账务记账，穿过湍急的河流处理农民退社问

---

① 刘可风：《柳青传》，人民文学出版社2016年版，第221页。

② 柳青跟女儿说，他最初行政定级是九级，因让给民主人士郑伯奇一级，变成十级。后来提级又让了一次。这个行政级别，当时相当于陕西省委或省政府的副秘书长、西安市常务副市长一级的干部。

题，还放下正在写的小说，错过对作品人物一瞬即逝的宝贵艺术感觉，潜心为长安县农民编写了《耕畜饲养管理三字经》等通俗读本；本村农民在他创作之余，可以随时到中宫寺家中与他聊天，人们亲切地称他为“那老汉”。“柳青完全农民化了。矮瘦的身材，黧黑的脸膛，和关中农民一样，剃了光头，冬天戴毡帽，夏天戴草帽。”[1]

王维玲在回忆二十世纪六十年代初去皇甫村看望柳青的情景时说：“他在皇甫村的住房，就是农村一座略加修缮的破庙。庙内一大一小并排两个庭院，柳青住在靠里边的院子，有三间正房。我去时是深秋季节，柳青、马葳从正屋里迎出来，柳青穿一身中式对襟小褂，马葳穿一身灰色制服。生活在农村，看到远方来客，自然意外高兴。天黑时，马葳端上饭菜，我见只有两双筷子，便要马葳和孩子一起过来吃饭。马葳笑答：‘我们家有两个灶。小灶专门给柳青，因为他体质弱，写作又对他身体消耗大。’饭后，在院中散步，无意在厨房，看到马葳和孩子们团团围在一个大锅旁，满满一锅菜粥，没有干粮，也没有炒菜，每人捧个碗就这么吃着……回到屋里，我再也克制不住自己，问柳青：‘你生活这么紧迫，为何还要将《创业史》的一万多元稿费都捐献给皇甫村人民公社呢？你留一部分不好吗？你做得也太过分了！’柳青望着我，慢慢地说：‘我这一生再不想有什么变动，只想在皇甫村生活下去。我在这里，只想做好三件事：一是同基层干部和群众搞好关系；二是写好《创业史》；三是教育好子女。你想想，我身在农村，生活在人民群众之中，谁都知道我写书，宣传和私有制、私有观念彻底决裂。今天出书了，拿了巨额稿费，全部揣进自己的腰包，改善个人的生活，农民会怎么看呢？他们会说：这老汉住在这里写我们，原来也是为他个人发家呀！如果这

---

① 白烨：《人之楷模 文之典范》，仵埂等编《柳青研究文集》，西安出版社2016年版，第334页。

样，我还怎么在皇甫村住下去！《创业史》还能写下去吗？’”[1]

人是自然和社会环境的产物，柳青也是二十世纪五十至七十年代社会历史的产物。理解分析柳青，离不开他赖以生存的社会土壤。柳青不是“现代隐士”，也不是鲁迅那种从乡村走向城市的乡土小说家，而是一个革命者。他1928年入团，1936年入党，曾是延安文协党支部干事，解放战争时期任大连书店主编，新中国成立后任《中国青年报》编委和副刊部主编，二十世纪五十年代初回陕西兼任长安县委副书记等职。他是一个经过战争和政治运动严峻考验的老革命、老干部、老作家。1955年、1956年，《创业史》第一部写到第二稿，遭遇了很多困难。省里主要领导找他谈话，让他把作品拿出来，写不出来就不要再待下去：“要跟上形势……跟上铁路跑，写些及时反映人民群众火热斗争的文章。”柳青表示，每个人对文学有不同的理解，即使失败也要坚持下去，结果不欢而散。

又一度，省委让他到宣传部做领导工作，也被他拒绝[2]。领导只把柳青看作一个干部，柳青则认为自己是革命队伍中的作家，这是主要分歧所在。时间到了2006年，人民依然记得这位柳书记：“我们在筹集柳青文学奖基金的时候，一位八十多岁的农村老人闻知我们做这件事，他硬要给我一百元钱。他告诉我们：’柳青是个好人，你们做这个事，是个正事、善事。’”[3]

---

① 王维玲：《回忆柳青同志——纪念柳青逝世两周年》，《收获》1980年第4期。《创业史》第一部的基本稿酬和印数稿酬共16065元，柳青全部捐献给王曲公社，做工业基建的费用。公社用这笔款项修建了机械厂，房屋后来又让给了王曲卫生院。柳青还向中国青年出版社预支过5000元，用于胜利大队高压线的建设。

② 刘可风：《柳青传》，人民文学出版社2016年版，第172、173页。

③ 董颖夫：《对一座文学高峰的回望与礼赞》，《柳青研究文集》，西安出版社2016年版，第398、399页。

三、今天认识柳青的困难

读过七遍《创业史》、以柳青为师的陈忠实感慨地说，1982年春天，他被西安市灞河区派到“渭河边上去给农民分地，实行责任制”。在“第一个分牲畜的那个村子，晚上分完牲畜以后都到一点左右了，我骑着自行车回驻地的时候，路过一个大池塘——莲花池，刚从分牲畜的纠纷里冷静下来，突然意识到”，我“倾心尽力所做的工作，正好和柳青二十世纪五十年代初在终南山下滈河边上所做的工作构成了一个反动。三十年前，柳青不遗余力，走村串巷，一个村子一个村子宣传实行农业合作化的好处；三十年后，我又在渭河边上一个村子一个村子说服农民，说服干部，宣传分牛分地单家独户种地最好，正好构成一个完全的反动”。他强烈地意识到：“这个反动对我心理的撞击至今难忘。生活发生这种戏剧性的变化，在我们文学界，多年以来涉及对《创业史》的评价，也是最致命的一个话题。”[①]

何西来在评价柳青时，也表达了类似的看法：“《创业史》是柳青小说创作达到的最高成就，也是他个人创作生涯的终结。正是这部作品，决定了二十世纪他在中国当代文学史上一流作家的地位。”今天研究界虽有“三红一创”之说，“但综合来看，《创业史》成就最高”。“文革”结束后，“中国的文化思想界开始了对历史的反思”“以农业合作化为题材并且产生了巨大影响的《创业史》，自然而然地会进入当代理论批评家和文学史家文化反思的视野”。不过何西来像二十世纪八十年代以来的人一样，对文学界的一些人采用将人与时代分开的分析方法。他找到了“现实主义的创作方法”这个

① 陈忠实：《我读〈创业史〉》，董颖夫等编《柳青纪念文集》，西安出版社2016年版，第5页。

历史切入口。“尽管《创业史》存在着题材本身所必然带来的历史局限和作家本人政治立场、政治倾向的局限，但是因为柳青在创作原则上忠实地贯彻了现实主义的创作方法，就使他在艺术图卷的展示上坚持了从生活出发而不是从既定的理念、政策条文出发的相对客观的立场”，这使《创业史》“仍然有其认识的价值”。另外，他认为《创业史》的认识价值不仅在于在艺术上成功塑造了梁三老汉的形象，也成功塑造了郭振山的形象：“郭振山有远较梁生宝以及乡党支部书记卢明昌等开阔得多的文化眼光。他利用自己掌权的有利地位，让村里有钱的人出资办了学校。”他认为，“庄稼人必须有文化。他不仅把改霞从封闭的徐寡妇的家里引出来，让她参加农村工作，参加青年团”，鼓励她上学，退婚，还启发她离开农村到城里当工人。“改霞是柳青特别偏爱的一个人物”，但因郭振山的引导，她选择了一条不同于梁生宝的人生道路①。

贾平凹和路遥认为，柳青有国家大局观，他放下作家身份，甘愿在皇甫村与当地农民打成一片，与此是有着内在联系的。贾平凹说，柳青受人尊敬，首先是他有“旷世才华”和“文学上的远大抱负”。“当杜鹏程的《保卫延安》轰动全国后，又刺激了柳青，这就使柳青不满足于以前的创作。”“他常讲文学是马拉松长跑，是以六十年为单元的。他的强大的内心就是《创业史》的写作动力”。其次，柳青起初去长安县是为写作，在深入生活的过程中，“他就有了一般作家所缺乏的使命感，这才有了他参与农村一切事务的行为，把自己变成了一个农民，变成了一个农村基层干部，变成了与人民同呼吸、共命运的一个作家，而不是一个搜寻写作材料者、一个旁观者、一个局外人”。另外得益于“柳青的土气和他的现代性学养”。柳青的生活习惯乃至衣着言语都和农民一样，农村的事他没有

---

① 何西来：《流派开山之作》，为《创业史》重印本的序，《延河》2006年9月号。

不知道的，他的写实功夫扎实深厚皆源于此。“据说，他曾去广州开会，住一旅馆，服务员以为他是农民，不让他进。但柳青在骨子里是很现代的，他会外语，他阅读量大，他身在农村，国家的事、文坛上的事都清清楚楚。”《创业史》的“结构、叙述方式、语言，受西方文学影响很大”[①]。路遥说，《创业史》让柳青付出了很大的代价。他的《病危中的柳青》描述了晚年柳青的形象：“严重的哮喘病使得他喉管里的出气像破风箱发出的声音一般，让站在他面前的人也压抑得出不上气来。胸脯是完全塌陷下去了；背却像老牛背脊一般曲折地隆起来。”“探访他的人看见他住在这么简陋狭窄的病房里，都先忍不住会想：这样一个有成就、有影响的作家，“就不能得到条件更好的治疗环境吗？”他还告诉读者：“第一次看见他的人，谁能想象得来他曾多次穿越过战争的风暴，而后在皇甫村的田野里滚爬了十几个年头，继《种谷记》和《铜墙铁壁》之后，又建造起像《创业史》这么宏大的艺术之塔呢？”路遥最后深有感触地说：“他雕刻《创业史》里的人物，同时也在雕刻着他自己不屈的形象——这个形象对我们来说，比他所创造的任何艺术典型都更具有意义。”[②]李建军这样肯定柳青：“从语言能力和小说技巧方面看，《创业史》无疑内蕴着值得挖掘的财富。在当代作家中，柳青的文学才华无疑是第一流的。他把陕西的方言土语，融入人物语言和叙述语言，创造出一种耐人寻味的美学效果；他有很强的景物描写能力，寥寥几笔，略加点染，便能写出丰富的诗意，使人有身临其境的真切感；他很善于揣摩人物的性格，能通过生动的细节，写出人物的心理活动和性格特点。例如，梁三老汉因为生儿子的气，突然向家人宣布，自己要开始吃鸡蛋了：‘我早起冲得喝，晌午炒得吃，黑间

① 贾平凹：《纪念柳青》，董颖夫等编《柳青纪念文集》，西安出版社2016年版，第6—8页。

② 路遥：《病危中的柳青》，董颖夫等编《柳青纪念文集》，西安出版社2016年版，第9—16页。

煮得吃！’你简直无法相信这样的人物是虚构出来的。”[①]

上述作家批评家是在超越严家炎们“错位理论”的愿望中热情拥抱柳青的世界的，但约定俗成的“错位理论”也在限制着他们的思考。当陈忠实在1982年回望当年的柳青的时候，意识到他的渭河和柳青的滈河之间，出现了一道无法逾越的历史鸿沟。因此某种意义上，他和路遥所继承的“柳青传统”[②]，实际只是柳青的写实传统、文学为人生的传统，却不包括柳青作品所反映的社会内容。历史这把剪刀，对柳青创作悄悄地做了纯化的剪辑。而作家批评家都是历史的协助者。他们分明清楚地看到了，《创业史》最后部分令人激动地描绘了农民被组织起来的未来图景，然而这个“未来”没有被今天的农村和农民的现状所证实。“现实”在那里倒逼着“错位理论”，作家批评家不可能脱离现实而思考。“错位”不光是在历史整合过程中出现的问题，其实也是对未来的判断与后来历史的发展不匹配的结果。被裹挟在未能达成和解的两种历史叙述中间，这正是作家批评家思考柳青现象时所面临的社会语境。虽然有识者提出：“我们必须在‘文学’与‘这三十年’的相互生产的互动性关系中来进行讨论。一方面我们要谈，文学是如何介入、参与这三十年的历史变迁和社会变革的，另一方面，我们也要谈文学怎样被这三十年的中国现实所深刻界定并制约。”[③]

阻碍研究界与柳青沟通的阶级叙事，也有待清理。1978年5月，柳青在北京最后一次露面时，十一届三中全会还在酝酿准备的过程中，但在文学界，否定阶级叙事的《班主任》等一大批伤痕小说已

---

① 李建军：《被时代拘制的叙事——论〈创业史〉的小说伦理问题》，仵埂等编《柳青研究文集》，西安出版社2016年版，第25页。

② 在杨晓帆博士论文《路遥与“柳青的传统”》中，“柳青的传统”是作为中心问题来讨论的。这个被大大提前的文学命题的复杂性，也远远超出了研究者的视野。

③ 蔡翔、罗岗、倪文尖：《文学：无能的力量如何可能？——“文学这三十年”三人谈》（上），北京文艺网2009年“文艺理论”版。

登上了历史舞台。1960年版的《创业史》是以阶级叙事来创作的。1963年，当这种叙事因“大跃进”失败而受挫，严家炎便对梁生宝形象的理想色彩进行了质疑。这倒不是严家炎有先知先觉，而是二十世纪六十年代初的纠“左”思潮给了他批评柳青的视野。然而实际上，小说《创业史》虽在贯彻阶级叙事，柳青的思想已经在各种运动的教训中发生着悄然的变化。“作者”与“作品”，在严峻的现实前出现了不易觉察的“错位”。许多研究者更关注的是1960年的《创业史》，却没有兴趣注意到1960年以后的作者柳青。1972年春，为了“躲病”，柳青在女儿陪同下秘密住到北京一个亲戚家。王维玲闻讯赶来看望他，并与他有一次思想上的长谈。柳青说：“这几年我想得很多，经过牛棚一段的考验，我告诉你，在任何情况下，我也不会消沉的！尽管我自己，我的亲人，我的孩子，都付出了重大代价，但是，我们都有一颗纯洁的革命良心，都有一颗随时准备为我们的信念牺牲的决心！”[①]

刘可风的《柳青传》和邢小利的《柳青年谱》，也试图向研究界强调柳青身上这种“革命者的觉醒”。在《柳青传·下》中，“柳青和女儿的谈话”用“口述史”形式，记录了作家在“文革”中的反省[②]。《柳青年谱》附录一“柳青晚年的读书和反思”写道，他思想的波动变化是真实的，“由于常年患病和‘文革’中的各种折磨，身体越来越差”“他就以谈话的方式，告诉在身边照顾他的大女儿刘可风以及少数信得过的朋友，或以片段的笔记，记下他的所想所思”。例如，他对李旭东说：“农业合作化是做了一锅夹生饭。”他告诉刘可风，如果有时间写《创业史》第四部，“主要内容是批判合作化运

---

① 王维玲：《回忆柳青同志——纪念柳青逝世两周年》，《收获》1980年第4期。

② 这种通过亲属笔录的著述形式，虽然能够展现作家较为丰富的思想活动，也会因为笔录者的敏感身份，或无其他旁证支撑，而容易被质疑。作为稀见的史料文献，它仍然具有一定的参考价值。

动怎样走上了错误的路”。柳青赞成在当时生产力水平比较低的历史阶段，通过合作化来组织农民提高生产力水平；但不赞成超越历史阶段和农民接受能力，迅速地将“初级社”提升到“高级社”和“人民公社”。邢小利指出，《创业史》是一部只写了一半的小说，是一部未完成的小说。因此，他强调不能只在已完成的《创业史》的小说文本上做文章，还应该结合作者的“后期思想”来分析他。在他看来，二十世纪八十年代整个思想文化界的“觉醒”，不是1978年后凭空出现的，它的思想源头是在1966年到1978年这十二年。“从1966年至1978年这十二年，是柳青的晚年，是他从人间到地狱、由死到生的十二年。他作为一个名作家、‘黑权威’，经历了‘文革’的全过程和‘四人帮’的覆灭。”从这个角度看，“他与在孤独中陪伴他的大女儿以及与友人在长夜中的谈话，在自知来日无多的时日里自觉的遗言式的留言，留下了一个时代的代表性作家的深刻反思”。它使柳青的形象更立体，“复杂未必是贬义，复杂的往往是深刻的”[①]。

从以上种种观点看，人们不怀疑柳青《创业史》写作的过程，认为他对农村农民怀有朴素真挚的感情，在皇甫村十四年生活的点点滴滴真实感人。在实现两种历史叙述的和解之前，能够做的也许只有将具体的柳青与抽象的历史暂时分开。一些研究则有向前推进的意思，具体的柳青显然处在比抽象的历史更加优先的叙述位置。这种焦虑不安表现在作者对史料文献的选取上，也渗透在传记和年谱的字里行间。但从二十世纪八十年代重返柳青和皇甫村，并不是一个轻松短暂的旅程，可能是持这种看法的观察家另一种或明或暗的历史的感觉。

---

① 邢小利、邢之美：《柳青年谱·附录一：柳青晚年的读书和反思》，人民文学出版社2016年版。

一个被重构的“西方”

——从“现代西方学术文库”看二十世纪八十年代的知识范式

查建英在《八十年代访谈录》一书中指出：“回顾八十年代的时候，一般认为有三大丛书：你们这个《文化：中国与世界》，还有《走向未来》和《中国文化书院》[①]（前者指甘阳主编、生活·读书·新知三联书店出版的‘现代西方学术文库’[②]）。”这样一种历史描述，实际涵括了“西方学术”介入当时知识界的真实状况，与此同时，提供了看待二十世纪八十年代知识范式建构过程的一种眼光。

---

① 查建英编：《八十年代访谈录》关于采访“甘阳”的部分，生活·读书·新知三联书店2006年版，第196页。

② 丛书主编为甘阳，副主编是苏国勋、刘小枫，编委会有三十人之多，成员大多是北大现代外国哲学所、中国社科院哲学所现代外国哲学研究室的中青年学者。该丛书“野心极大”，范围极广，涉及现代西方哲学、社会学、政治学、美学和文学诸多方面。因与出版社的矛盾，它们一部分在1989年之前问世，其余则在九十年代陆续出版。其中，八十年代出版的有：尼采的《悲剧的诞生》、萨特的《存在与虚无》《词语》、海德格尔的《存在与时间》、什克洛夫斯基等的《俄国形式主义文论选》、卡西尔的《语言与神话》、本雅明的《发达资本主义时代的抒情诗人》《符号学原理》、布罗姆的《影响的焦虑》等。我们的讨论，将在丛书的这一范围内进行。

二十世纪八十年代中后期，“文化热”“三论热”“萨特热”“形式主义热”“第二性热”等一系列知识经验和方式的“重构”活动，将这一介入趋势中的诸多因素广泛地呈现在人们面前。这是二十世纪八十年代的思想态度、精神生活、历史观念和文学取向的一次相当系统、全面的展示。这一“重构”的历史过程，毫无疑问仍在对今天产生深远而持续的影响。

重返这一历史，不仅能使我们清醒地看到当时知识界价值选择与历史语境之间的基本关联，看清他们为解决当代文化危机所付出的艰苦努力；也使我们更为深入地认识到，那些急迫解决的问题有的可能已经成为“过去”，而有些问题也许已经积淀为今天精神生活的历史积因，还在困扰着人们的思想。因此，很难说它们由于历史的远去而丧失了其思想的生命力。我们的工作，就从这一清理和回溯的逆向运动中谨慎地展开。

一、“存在主义”话题的提出

自“新时期文学”诞生之日起，作家、批评家以及“现代西方学术文库”（以下简称为“文库”）知识者群体都有一种共震性的“存在的焦虑”。虽然“文革”终结，但在更深层次上潜伏着与之相关的历史叙述体系的总体危机，并内在地连带着知识者的精神失语。这正是“文库”学人引进“存在主义”思潮的深刻动因。

萨特《词语》一书译者潘培庆借作者之口，一针见血地指出大家当时普遍面临的生存困境：“没有他，外祖母、母亲还是这个样子，他的存在完全是偶然的，多余的，既没有人在盼望他，也没有什么事在等着他去完成。在人生这个大舞台上，大家都在做戏，萨特虽也在忙忙碌碌，跑上跑下，不时还有几句台词，可他觉得自己只是一个在帮别人排练台词的跑龙套的角色，他没有属于自己的故事。这对他无疑是一个痛苦的发现。”[①]

“存在”概念的提出，将当代中国文化（包括文学）的叙述认定为“截然不同”的两个部分：1949年到1976年的文学被界定为“十七年文学”和“文革文学”，而1977年肇始的文学被命名为“新时期文学”。显然，“存在主义”知识的“启用”，使“新时期文学”叙述找到了一个历史依据，它预示着“人的文学”的诞生；更重要的是，这种历史命名缓解了知识群体没有“自己的故事”的集体性焦虑。在这种意义上，1982年后，“现代派文学”“向内转”“性格组合论”“与李泽厚对话”“刘再复批判”，以及“寻根文学”“先锋文学”“第三代诗歌”等“非理性”和强调“个人生存”的文学思潮，便是这一知识谱系的合乎逻辑的推演，并且重绘出另一幅与“十七年”完全不同的二十世纪八十年代知识和文学的崭新地图。

“文库”对“存在主义”思潮的翻译介绍，对“新时期”以前历史与文学的评论，一个重要参照是毛泽东对“社会主义文化”的构想。要使1949年后的社会主义实践与社会主义理论联系起来，必然要求“自己的故事”从属于“国家故事”，其根据是将社会主义“新文化”与资产阶级“旧文化”做出甄别和区分。1940年的《新民主主义论》对此做了集中概括。针对当时战争年代特点，毛泽东提出与它密切结合起来的文化发展脉络。虽然他认为“各资本主义国家启蒙时代的文化”“凡用得着的”“都应该吸收”，反对“生吞活剥地毫无批判的吸收”，但他更强调这种“新文化”的“民族民间”性质，“它应为全民族中百分之九十以上的工农劳苦民众服务，并逐渐成为他们的文化。”[②]

这种历史叙述框构没有因战争结束而调整，相反更完整地被用

① 潘培庆：《噩梦醒来是早晨（代译序）》，引自萨特《词语》，生活·读书·新知三联书店1989年版。

② 毛泽东：《新民主主义论》，《中国文化》1940年2月15日创刊号。

于对整个社会主义历史阶段的描述和指导。于是，尽管与西方世界同为二次世界大战的历史语境，中国在二十世纪五六十年代却被隔离于世界性的资本经济高速发展的进程之外，同样，也与因反思二战和现代文明而兴起的存在主义文化思潮无缘。这种源于中国重农轻商的历史传统，诞生于战争和广大民间的历史概括，个人的生存被理解为民族的生存，民族的集体话语成为个人话语的最高体现。

所以，基于当代中国知识分子当时的精神处境，“文库”对“存在主义”的介绍重心放在了对“异化”状况的深刻反省上。“他看到了当代人的异化，他在《厌恶》等作品中描写了当代人那种荒谬的，毫无理由的存在。”[①]萨特《存在与虚无》的译者陈宜良承认，根据原著的根词，存在“有时也都译为‘存在’”，有时也可以译为“实存”，或者“生存”。在回答为什么出现这种简单的“技术性”麻烦，而没有将其译为“存在”的问题时，他写道：一是“存在主义一词在中国已经通行”，“我们也就倾向于一般援例，将其译为存在了”。二是“尽管是直译，翻译总是一种再创造，因此，里面总是包含着许多我们自己的理解”。[②]

类似情况，也出现在陈嘉映、王庆节合译的海德格尔的《存在与时间》一书中[③]。如此的“误译”，在“文库”中并不鲜见，鉴于我们专业的局限，已经无法一一核实。但我们确信，一百年来，从

---

① 潘培庆：《噩梦醒来是早晨（代译序）》，引自萨特《词语》，生活·读书·新知三联书店1989年版。

② 陈宜良等：《附录：译后记》，引自萨特《存在与虚无》，生活·读书·新知三联书店1987年版。

③ 陈嘉映、王庆节：《译者序》，引自海德格尔《存在与时间》，生活·读书·新知三联书店，1987年版。在该文中，译者表示：虽然“不少人干脆称这本书是‘无法翻译的’”，但“冒险一译还是值得的”，因为“在中国现代化的进程中，我们理应对世界文化的重大发展加深了解”。这样的心态，在“文库”译者群中应该十分普遍。

“五四”到“八十年代”两次重大的对西方学术的翻译活动中，因这样的“误译”而引起的“误读”，在中国通过“翻译”而催生的现代知识的生产、交流、传播和定型过程中，其实是大量存在、屡见不鲜的。而这一切，都是基于“拿来主义”的现代知识策略和功利目的。某种意义上，“误译”是为了更好地“学术引进”，“引进”则为了更好地改造社会思想，从而引发和推动思维范式的总体“革命”。

在二十世纪八十年代知识者心目中，正是当代社会的某一阶段造成了大面积的思想“异化”，呈现强烈的“存在”“荒谬感”，因此，思想界的反思就应该由此开始。循着这种典型的八十年代知识脉络观察，就容易理解，尽管萨特和海德格尔同时被介绍进来，而“萨特热”为什么明显高过了“海德格尔热”。进一步说，当时人们的确更需要接受的是萨特“存在”之“虚无”，而不是海德格尔“存在”之诗性的“时间”，尽管两人都将对“荒谬”的态度转化为“反抗”，寻找一种更有价值的存在意义，但文库对之做了“删节”和“偏离”。一定程度上，或许正是这些看似微不足道的“知识的偏离”，型构了八十年代中国式的“存在主义”。

从许多作家、批评家的文章中，可以看出这种“知识偏离”留下的思想痕迹。在与刘心武的通信中，李陀为“现代派”辩护：“卡夫卡对现实进行了变形的表现手段，是和他西方文明的危机、荒诞以及它们所造成的对人的异化这一认识是分不开的。”[①]于是，“存在主义”在中国当代语境中，被解说成了对于现实和个人异化状况的焦虑。它还与“五四”式的个人主义发生了某种纠缠，不过，前者是那种民族、集体意义上的“个人主义”，而后者直指个人处境，具有了个人存在的荒诞感等现代人的感受。

---

① 见冯骥才、李陀、刘心武：《关于“现代派”的通信》，《上海文学》1982年第8期。

二、“语言”的发现

“文库”中最早提出语言问题的，是于晓等翻译、1988年6月出版的卡西尔的《语言与神话》。正如甘阳在该书序言中指出的：法国结构主义的兴起，将欧陆“人文学哲学”推到了一个“崭新的阶段”，“例如：人类学与神话学（列维·斯特劳斯）、历史学与社会学（米歇尔·福柯）、文学理论与文学批评（罗兰·巴特）、深层心理学（雅克·拉康），等等。从那以后，欧洲大陆的几乎所有重要思潮——不管是阐释学的‘本文分析’、符号学的‘代码解读’，还是后结构主义的‘消解游戏’，都日益呈现出一种双重特征：第一，所有的讨论都围绕‘语言’问题而展开；第二，哲学研究与具体的人文研究交杂相错甚至于你我难分。”[①]一定程度上可以说，二十世纪八十年代知识转型的整个过程构成了一种重写“语言”的思潮。

这种知识的转型，不仅发生在翻译西方学术原著的过程中，也发生在对这些原著进一步的阐释、利用和发挥等方面上。卡西尔说，语言最为显著的功能之一就是它对事物的“命名”，“正是语词，正是语言，才真正向人揭示出较之任何自然客体的世界更接近于他的这个世界”[②]。甘阳的评论更为明晰：“人类的全部知识和全部文化从根本上说并不是建立在逻辑概念和逻辑思维的基础之上，而是建立在隐喻思维这种‘先于逻辑的概念和表达方式’之上。”[③]

与甘阳不同，《符号学原理》的译者李幼蒸则认为其“意义”也

① 甘阳：《从“理性的批判”到“文化的批判”》（代序），引自于晓等译《语言与神话》一书，生活·读书·新知三联书店1988年版。

② 卡西尔：《语言与神话》，生活·读书·新知三联书店1988年版，第82页。

③ 甘阳：《从“理性的批判”到“文化的批判”》（代序），引自于晓等译《语言与神话》，生活·读书·新知三联书店1988年版。

许主要不在“内容”，而在“形式”上，他写道：“由结构主义语言学发展而来的符号学却进一步发展了文学语言形式面探讨的趋势。其结果导致了文学研究的重点从内容面转到了形式面。”因此，他认为纯粹从文学研究的角度看，萨特的意义远不如巴特对于人们那么“重要”，“萨特对自己的问题只提出了‘外部的’回答，他（指罗兰·巴特）却要深入文学内在的核心中去”[①]。

1985年后，“文化热”的“向外转”（从文化积淀、集体无意识来反思“现实”）和文学的“向内转”（摆脱历史叙述控制而强调回到“文学本体”）的思潮，在知识界构成了两个强大的趋势。对“语言”的重新认识，虽不能说直接呼应了上述趋势，至少不自觉地参与了它的建构过程，并刷新人们的语言态度和表达方式。

某种意义上，“存在”的焦虑在更高层面上是一种“语言”的焦虑，它贯穿着对一种自由表达的强烈渴望。1979年后，知识界其实一直没有找到属于自己的表达方式，主要体现为对主流意识形态话语的重复、求证和阐释上，可以说，那是另一种意义上的失语状态。

二十世纪八十年代后，文化管理的逐渐松动，使以“大众文化”为特征的港台电影和流行歌曲大量涌进大陆，从而极大地改变了当代文化的单一构成，而出现在1985年后的“文化热”，在知识界面前展现出一个更为多元而广阔的现代西方学术流派的纷繁图景。“语言”不再仅仅束缚于国家历史叙述的范围内，它在日益现代的中国社会具有多样表达的可能，这一看法，正逐渐成为整个知识界的明确共识。

《俄国形式主义文论选》的翻译者方珊的话，代表了人们这一强烈而自觉的意识，她指出：“文学科学最感兴趣的对象，不是思辨哲学，不是把文学当作意识形态的反映，或者从文学中找到的作者和其他人的政治、宗教、道德等世界观，也不是作家的传记和历史背

---

① 罗兰·巴特：《符号学原理——结构主义文学理论文选·中译本序》，李幼蒸译，生活·读书·新知三联书店1988年版。

景，更不是社会心理与个人心理相互影响的变化，而是诗学，即把文艺作品，尤其是诗歌当作艺术进行研究的科学。”[①]

在中国，先锋文学批评家把“语言”在文学创作中的作用变成极端表述，吴亮在评论马原的小说时指出：“我认为迷信文字叙述的小说家是真正富有想象力的，他们直接活在想象的文字叙述里。最好的小说家，是视文字叙述与世界为一体的。”[②]李洁非、张陵在《“再现真实”：一个结构语言学的反诘》中表示：“叙述，若直接看来，似乎是主体（叙述人）自由说话的过程，但在不知不觉中，语言早已支配了这个过程及其中的主体，使每一段话语以至单词都纳入了语言自身的结构和规律”，“于是我们说，思维事实即是语言事实”[③]。

不言自明，关于“语言”问题的表述，明显构成了对当代以来“内容决定形式”“立场”“感情”等先验表述的否定。如果说前者是一种典型的“阶级话语”的话，那么后者则将其从这一层面挪移到人文哲学和文学科学上来。值得注意的是，“文库”的“知识启蒙”虽然应该归功于哲学界，然而文学界是最大的受益者之一。这种“知识更新”首先在文学界引起了革命性的变化，它直接导致了文学评论语言、修辞、眼光和视角的深刻调整，1985年后评论明显转向“本文分析”，与此有莫大的关联。

南帆强调：“在相当长的时间内，小说艺术对于技巧的意义估计不足。我们缺少强调技巧的传统。大多数认为，技巧不过是一种外表的修饰和润色，纯粹地侍弄技巧总是难以出息。一些人甚至时常提醒说，过分沉溺技巧问题而不能自拔，那将可能危及个人乃至国

---

① 什克洛夫斯基等：《俄国形式主义文论选·前言》，方珊等译，生活·读书·新知三联书店1989年版。

② 吴亮：《马原的叙述圈套》，《当代作家评论》1987年第3期。

③ 李洁非、张陵：《“再现真实”：一个结构语言学的反诘》，《上海文学》1988年第2期。

家前途。这些观念显然已经根深蒂固。”正因为具备了这种“技巧”的批评眼光，所以他评价莫言的《透明的红萝卜》《秋千架》《球状闪电》《枯河》等小说的“本文结构”时，注意到作家在有意简化情节在作品中的作用，认为它成为“密集的意象与细腻入微的感官感觉所赖以聚合的场所”。

情节（某种意义也可以是小说的“叙述”），在读者的阅读中扮演的是“导游”的角色。通过上述“文体实验”，一种“新的结构方式”正在对中国当代小说的写作传统“取而代之”[①]。王晓明对张辛欣等人小说的分析，不再关注她们“为什么写”，而是“怎么写”的问题，大幅度地从“内容”向着“形式”，即叙事特点上倾斜。在此知识背景下，作为社会角色的“作者”地位明显下降了，而“叙述者”开始占据研究者分析的中心，成为小说能否成为“现代小说”的重要依据。“张辛欣笔下的这些‘我’都相当清醒，她们不仅动情地叙述故事，更不断地以一种感慨的口气来议论故事”“作家一旦进入创作构思，却多半会如痴如醉，把真的当成假的，把假的又当成真的”“她的画面中充斥着大团大团类似上面这样的景物描写，它们共同构成了残雪小说最触目的形式特征：只描绘印象，不叙述过程”[②]。

1952年，周扬在《社会主义现实主义》一文中强调：“究竟向社会主义现实主义学习一些什么，以及如何学习呢?”他回答道：“社会主义现实主义首先要求作家在现实的革命的发展中真实地去表现现实”，坚信这就是“中国文学前进的道路”[③]。但作者无论如何都无

---

① 南帆：《小说技巧十年——1976—1986年中、短篇小说的一个侧面》，《文艺理论研究》1986年第3期。

② 王晓明：《疲惫的心灵——从张辛欣、刘索拉和残雪的小说谈起》，《上海文学》1988年第5期。

③ 周扬：《社会主义现实主义——中国文学前进的道路》，本文为苏联文学杂志《旗帜》所写，载《旗帜》1952年12月号。1953年1月11日由《人民日报》转载。

法想到，三十年后，更年轻的知识者会对他所代表的知识系统进行这种更新。

南帆、王晓明在认识文学功能上与周扬的差异，表面看是“知识范式”的不同，但实际牵涉知识者对当代文学史重大“结构”性问题认识的深刻变化。如果说周扬的知识范式与战争——建立民族国家以及冷战的历史线索有内在的关联，这种知识不与人类普遍经验和知识产生联系，那么，随着冷战逐渐被经济全球化所代替的世界性格局的出现，尤其是中国的“四个现代化”又必须加入这一格局才能得以实现的总体考虑，南帆、王晓明的知识范式势必会出现与这一背景相匹配的重要调整。这种调整形成将文学与政治文化相剥离，将学术话语与主流价值相疏远，并使后者获得有限度的“自主性”的一股难以抵挡的潮流和趋势。

李陀认为：对二十世纪八十年代做整体性的反思，光有当代史的框架是不够的，还应该扩大为，“不光包括1949年新中国成立以后的历史，还有一百多年以来中国革命的历史，改革的历史，思想和观念变迁的历史，以及马克思主义思想发展的历史，等等，你都要有一个总的观点，你才好回顾”①。这表明知识者已走出了文学/政治的狭窄评价系统，表明知识者开始具备此前人们所不具备的“未来世界”的知识视野。这不单是与“世界”接轨的问题，“全盘西化”的问题，而是说明“文库”和受它影响的知识群体从那时起，已经在中国/世界、今天/未来的意识结构中思考中国当代文化和文学的问题了。

三、“中国与世界”的知识谱系及其问题

“文库”编者在《现代西方学术文库·总序》中宣告：“近代中

① 参见查建英对李陀的“访谈”，《八十年代访谈录》，生活·读书·新知三联书店2006年版，第249页。

国人之移译西学典籍，如果自1862年京师同文馆设立算起，已逾一百二十余年。”“梁启超曾言：‘今日之中国欲自强，第一策，当以译书为第一事。’此语今日或仍未过时。但我们深信，随着中国学人对世界学术文化进展的了解日益深入，当代中国学术文化的创造性大发展当不会为期太远了。”[①]

这段话表明，虽然丛书出版有一定的“现实针对性”，但主要还是希望走出“文革”后历史和知识框架的束缚，回到京师同文馆和梁启超们的大历史起点，它明确意识到，要实现“当代中国学术文化的创造性大发展”，“移译西学典籍”应被视为“第一事”。

基于上述视野，甘阳对“文革”后中国学术的知识谱系问题进行了反思：他们“老去争论这个马克思主义异化问题，我就老和他们说：不要讨论这些问题，没有意义！所以，比如说批判体制我是一点兴趣没有的，批判极‘左’思潮什么的我都没有兴趣。我没有兴趣，因为这些对我来说早就不是问题了，我觉得关键问题是如何进入前沿，进入西学的这个问题里面”。

他指出，“我认为八十年代我们编委会”仍然有“这样一种取向或情绪，这整个过程最后的终结点是1994年的‘人文精神讨论’。那讨论实际上是八十年代文化热的一个延续，仍然是一种文化情绪……至少不是现代资本主义理性化的这套东西”。那么，是否存在比中国的“知识谱系”更高一种“知识谱系”，能够避免这种“缺陷”和“矛盾”，他认为所有的讨论都应该回到“最深刻的思想家”如柏拉图、尼采、海德格尔的起点上：“笛卡尔《哲学原理》的第一句话，他是要所有人都可能了解知识的，知识成了一个大众化的事情，知识是为你用的，从前知识是塑造你人之为人，不是你的工具，而是你内在人格培养的一个东西。那你现在知识都变成一种工具性的，不是人格培养的一种知识，所以这是很大的一个转变，这

① 参见“文库”每册书的“首页”。

个转变当然本身就是促成这个现代大众社会的一个很重要的前提。”[①]

从中我们可以清理出两条线索：一是甘阳所指出的“文革”后学术的“知识谱系”，“文革”对社会、文化、经济造成的很大影响，成为这种知识谱系之建立的主要历史思想依据。因此，二十世纪八十年代的主要思想、文学活动，都围绕着这一谱系而展开，如李泽厚以“主体性”和“人道主义”为中心所展开的对近代、现代问题（马克思主义在中国以康有为、梁启超、陈独秀、胡适、鲁迅和毛泽东等为代表）的深入思考，即著名的“三论”[②]所代表的学术成果；刘再复对“文学主体性”的论述；林兴宅对鲁迅思想和作品内在矛盾的“再讨论”[③]；刘小枫《诗化哲学》对德国浪漫主义哲学的重新阐释，已包含了对当代知识分子历史境遇的同情性思考[④]；即使陈燕谷和靳大成等年轻学人与李泽厚“对话”和对“刘再复现象批判”中所体现的非理性主义的现代情绪，仍然没有脱离这一“话语场”。

二是甘阳等年轻学者以“翻译”为中心的“现代西方知识谱系”。尽管“文库”众译者之间也存在一些差异，总体上却都认为，讨论批判极“左”思潮虽然有现实针对性，但如果放在“世界”的视野中，仍然是一个浅层次的命题，在“学术”意义上它的“有效性”是值得怀疑的。所以，在尼采的《悲剧的诞生·译序》中，周

---

① 参见查建英对甘阳的“访谈”，《八十年代访谈录》，生活·读书·新知三联书店2006年版，第198—238页。

② 李泽厚：《中国古代思想史论》，人民出版社1983年版；《中国近代思想史论》，人民出版社1979年版；《中国现代思想史论》，东方出版社1987年版。这三本书，包括《美的历程》等著作，在学术界产生了相当广泛的影响。

③ 刘再复：《论文学的主体性》，连载于《文学评论》1985年第12期、1986年第1期。关于这一问题，作者先后发表过多篇文章予以论述，这些文章后来结集出版。林兴宅：《论阿Q的性格系统》，《鲁迅研究》1984年第1期。作者与之相关的许多文章，在当时对中国现代文学研究界产生了“震动”性的影响。

④ 刘小枫：《诗化哲学》，山东文艺出版社1986年版。

国平开宗明义地指出：尼采对于中国学术文化的意义即在，“他在美学上的成就主要不在学理的探讨，而在以美学解决人生的根本问题，提倡一种审美的人生态度”[①]。

从张旭东在本雅明《发达资本主义时代的抒情诗人》一书《中译本序：本雅明的意义》中的表述看，他更愿意把本雅明的精神世界不是作为一种“现实问题”，而是作为一种“学术”问题来看待。他特别指出了作者在对资本主义时代批判过程中那种遗世独立的人格操守，认为这种“收藏者”的姿态才具有“最高的意义”[②]，即甘阳所归纳的，知识不仅是一种工具，用于“现实干预”的思想武器，而是内在人格培养的一种东西。上述表述，构成了对“文革”后中国“知识谱系”的批判性反思，与此同时意味着是对“现代西方知识谱系”的另一种重构。这种“重构”的直接意义就是，使当代中国学术彻底摆脱非学术因素的束缚和制约，从而使其获得纯粹而自主的地位。

显而易见，既然要在新的历史语境中振兴中国的学术文化，“文库”编者就难以避免地回到了胡適与陈独秀关于这一问题的分歧和争论上。1918年12月，胡適在《每周评论》著文反对在《新青年》上谈政治，而且有二十年不谈政治的话。他的愿望是像欧洲文艺复兴那样致力于新文化运动，撇开政治，有意识地为中国学术打下一个非政治的文化基础。在《问题与主义》一文中，他又指出：“凡‘主义’都是应时势而起的。某种社会，到了某时代，受了某种的影响”，“于是有一些有心人，观察这种现象，想出某种救济的法子。这就是‘主义’的缘起。”而学术研究的重要性就在于：“凡是有价值的思想，都是从这个那个具体的问题下手的。”[③]

---

① 尼采：《悲剧的诞生·译序》，周国平译，生活·读书·新知三联书店1986年版。

② 本雅明：《发达资本主义时代的抒情诗人》，张旭东译，生活·读书·新知三联书店1989年版。

③ 胡適：《问题与主义》，《每周评论》第31号。

两年后，陈独秀著文反驳了胡适的观点，他认为在中国的历史语境中研究学术，完全脱离现实纯粹是一种幻想，“在现实社会中，谈政治也罢，不谈也罢，谁都逃离不了政治，除非躲到深山，人迹绝对不到的地方”①。胡、陈争论的问题，在二十世纪八十年代的文化环境又出现。原因就在支持着“文革”后中国的知识谱系的，正是中国两千年来延续不绝且极其深厚的政治文化传统；而中国怎样走向世界，借助西方知识谱系来激活现代化的进程，就必须反思、批判这一传统，这就势必造成两个知识谱系的紧张关系，加深它们的矛盾。但是显然，胡适的非意识形态的学术话语，获得了文库编者广泛的认同，“文库”丛书之所以在出版后迅速在学术界传播，成为二十世纪八十年代新知识再生产的强大动力，并在众多研究领域产生至深影响，根本原因即在：在八十年代，“现代化话语”明显压倒了“阶级话语”，获得了全民族思想意识的认同。胡适当年的“世界化”主张，尽管表述得比较浅显，却非常敏锐地观察到了，“走向世界”将是中国自近代以后一百多年的时空中的一个持续不断的历史进程。而这也是“文库”之所以仍有“重读”价值的一个重要因素。

像胡适一样，“文库”的年轻编者们超越中国而走向世界的眼光和勇气该是多么可贵！虽然从现实考量，这种超越是永远无法实现的；然而纯粹就学术计，它又不是完全不能实现的。正是由于有了胡适等提倡的“多研究问题”“整理国故”，几十年后，他的后继者才得以在浓雾弥漫的大地的尽头，辨认出一线微弱的光亮和一条忽明忽暗、复杂曲折的路径，一个可以努力的方向。

焉知又是几十年后，当更为年轻的后继者感到心灵的茫然时，那数十本“文库”丛书所组成和搭建起来的文化堡垒，不是同样能够鼓动人们的雄心，指出另一条可以跟踪、追寻的泥泞的小路，从而找到让更多的人达到灵魂生活惊心动魄的顶点吗？因此，将“文

① 陈独秀：《谈政治》，《新青年》八卷一号。

库”放在中国现代以来整个学术历程中来打量，将“文库”所讨论的问题放在整个中国学术文化建设的精神谱系中来把握，就不难透过二十世纪九十年代后文学和文化的喧嚣，触摸到八十年代“文库”那一代学人仍在跳动的思想和学术的脉搏。同时才能更深地认识到，“文库”编者们所谓“文化收藏者”“审美的人生态度”和知识乃为“内在的人格培养”等“世界话语”（或说西方知识谱系），在以政治文化为中心的历史文化传统中，在一切民族生活都以此为轴心，因而知识、信仰却被边缘化的总体语境中，所具有的难能可贵的探索性眼光和价值。

这让笔者想起《正义论》作者、著名伦理学家罗尔斯所说的那个“假设”的比喻，“罗尔斯的契约论是完全与社会历史分开的。他认为，订立契约的‘原初状态’纯粹是一种假设的状态，一种思辨的设计，对它可以有各种旨在引出不同结论的不同解释”，但目的是，“强调由正义所保障的自由权利绝不受政治的交易和社会利益的权衡，不管这种有损于自由的交易多么有利或将带来的社会利益有多大；自由只能为了自由本身的缘故而被限制”[①]。如果说罗尔斯的观点充满了乌托邦的理想色彩，那么超越中国而走向世界这两个知识谱系的比喻性关系未必不是可以成立的。在笔者看来，人们也许更为看重的是“文库”的学术生产价值即社会利益，并没有对它关于自由本身的表述引起高度重视，而后者恰恰是“文库”的策划初衷中一个最具思想文化光彩和永久魅力的地方。

但毫无疑问的是，被“文库”的阐述所重构的这个西方，有某种被夸张、放大和扩充的话语效果及嫌疑。由于在策划、翻译和出版的过程中，“文库”的大多数编者都还没有“走出国门”的个人经历，缺乏对西方国家具体而直接的了解和体验，因此，在“文库”

---

①［美国］约翰·罗尔斯：《正义论·译者前言》，何怀宏、何包钢、廖申白译，中国社会科学出版社1988年版。

翻译对象的选择和译序中，充满了“想象”那个“西方知识谱系”的浪漫色彩和叙述成分。这就是“存在主义”和各种“语言”理论在中国学术翻译中不断被重述、变形和为我所用的原因的另一种观察的路径。

今天来看，这将成为二十世纪八十年代学术翻译过程中颇具戏剧性和有趣的一个历史缩影。但这说明，八十年代以一种历史想象的特殊方式，将自身历史和知识起点对接于现代“西方世界”。“西方知识谱系”为八十年代中国学术提供的，不仅是用以表述自身状态的思想资源和知识表达方式，同时更是一个借重构“西方”来重构本国“学术文化”的理想化镜像。不过，正如李陀所说，这些“新启蒙”的工作，“最激进、最核心的东西，是它凭借‘援西入中’，也就是凭借从‘西方’‘拿过来’的新的‘西学话语来重新阐释人，开辟一个新的论说人的语言空间，建立一套关于人的新的知识——这不仅要用一种新的语言来排斥、替代‘阶级斗争’的论说，更重要的，还要通过建立一套关于人的新的知识来占有对人，对人和社会、历史关系的解释权”[①]。正因如此，“文库”所隐含的八十年代学术文化和文学的展开方式，并没有完全证实它“回归‘五四’”的过程（事实上，八十年代存在着与“五四”时代既有联系、又明显不同的社会和文化问题），毋宁说，这种展开本身，其实也构成这一代长于“文革”而言说于“新时期”的年轻学人对“五四”话语的重构和解构。

---

① 参见查建英对李陀的“访谈”，《八十年代访谈录》，生活·读书·新知三联书店2006年版，第274页。

叙事学理论

本文拟对西方叙事学理论兴起的渊源、发展脉络和主要理论要点进行评述，分析它登陆中国后对中国现当代文学研究产生的影响，最后通过比较中国和西方学者在阐释叙事学上的不同点，二十世纪八九十年代中国现当代文学研究如何接受和运用西方叙事学的过程，借提出笔者的看法。

一

叙事学是在结构主义基础上发展起来的以叙事文本为研究对象的理论，以形式主义批评而传播甚广。叙事学理论对当代小说创作实践产生了重大影响。这一理论真正的推动者是托多罗夫，他拓展了普罗普、格雷马斯以来的叙事学研究的空间，将叙事学从神话、民间故事的研究转向叙事作品的主要形式——小说。

叙事学理论最早诞生于法国，它是由法文中的“叙述学”，拉丁文词根的“叙述、叙事”及希腊文中的“科学”构成的。叙事学是研究叙事作品的理论。它重视文本的叙述结构的研究，强调对叙事文本做技术分析。罗兰·巴特认为任何故事材料都适合叙事，他在

《叙事作品结构分析导论》一文中指出："世界上叙事作品之多，不可胜数，题材各异。对人来说，似乎什么手段都可以用来进行叙事。叙事可以用口头或书面的有声语言，用固定的或活动的画面，用手势，以及有条不紊地交替使用所有这些手段。叙事存在于神话里、传说里、寓言里、童话里、小说里、史诗里、历史里、悲剧里……""而且，这些几乎以无穷无尽的形式出现的叙事，存在于一切时代，一切地方，一切社会。有了人类历史本身，就有了叙事。"①

"叙事学"一词1969年由托多罗夫率先提出。但它在结构主义的大背景下，受俄国形式主义的影响才得以确立。从学术渊源看，叙事学理论应该发端于二十世纪二十年代俄国形式主义批评家弗拉基米尔·普洛普开创的结构主义叙事学。他和什克洛夫斯基等人发现了"故事"与"情节"的差异。"故事"是指作品按时间顺序叙述的事件，"情节"则指故事在作品中出现的实际情况，它们决定了叙事学对叙事作品结构层次的认知和划分。

普洛普的《民间故事叙事学》是叙事学理论的开山之作。他富有启发性地指出：故事中的基本元素不是人物，而是人物在故事中的"功能"，作者就此对俄国民间故事的数十种功能做了分析。"功能"理论把故事从一般顺序时间叙述中抽离出来，从而构成了一种形式结构。受此启发，列维·斯特劳斯把它传到法国，将之改造成法国结构主义的第二个倾向。斯特劳斯概述了为达到这一目的需要遵循的途径："从有意识到无意识的转变，是跟从具体向一般前进的过程联系在一起的。"甚至明确地说："既然我们是根据故事中人物的功能来研究民间故事的，一旦所研究的新故事没提出任何新功能，材料的积累工作就可以搁置起来。"②叙事理论从此改变了重视作

① ［法国］罗兰·巴特：《叙事作品结构分析导论》，引自伍蠡甫、胡经之主编《西方文艺理论名著选编》（下卷），北京大学出版社1987年版，第473页。

② ［荷兰］佛克马、［荷兰］易布斯：《二十世纪文学理论》，林书武、陈圣生等译，生活·读书·新知三联书店1988年版，第69页。

品内容和社会意义的路向，它立足于现代语言学，更注重作品的文本和结构分析。注重研究作者与叙述者、叙述者与作品人物、作者与读者等的相互关系，以及叙述话语等。斯特劳斯研究神话中的内在不变因素的结构形式，试图用语言学模式来探讨人类思维的基本结构，便由此而产生。

二十世纪六十年代后，分析作品结构的论文开始频繁出现，格雷马斯和托多罗夫积极译介俄国形式主义的论述来推动这种研究潮流。《交流》1966年第8期的“符号学研究”专号发表了罗兰·巴特的《叙事作品结构分析导论》，对叙事学理论提出了纲领性的主张。他把叙事作品分为三个层次：功能层、行为层、叙述层。认为语言单位会在各个层次之中产生意义。

同年，格雷马斯著名的《结构语义学》问世，他以符号学方阵作为意义的构成方式，深入系统地研究叙述结构和话语结构。显然，将叙事学从神话和民间故事转移到文学的叙事形态的研究，建立由“故事”层深层结构探索发展到“话语”层叙事结构的分析，功不可没的是托多罗夫。他在《〈十日谈〉语法》中，从分析文学作品的语法结构入手研究其文学性的形成，将叙事分为语义、句法和词汇三个方面，把叙事问题总结为时间、语体和语式三个语法范畴。借助对《十日谈》文本的分析，把每个故事简约成纯粹的句法结构，列出“命题”和“序列”两个基本单位，由此建立了一套完整的叙事结构模式。

托多罗夫的《叙事作为话语》一文做了明确系统的区分和阐释。首先是叙事时间。他指出：“在叙事中时间的表达问题，是由于故事发生的时间和叙事的时间之间存在差异。从某种意义上说，叙事的时间是一种线性时间，而故事发生的时间是立体的。在故事中，几个事件可以同时发生，但是话语必须把它们一件一件地叙述出来。”这样，就可以用“时间的歪曲”“连贯、交替和插入”“写作时间和阅读时间”等手段来达到新的美学目的。在形式主义学派看来，事件的本质并不重要，重要的只有它们保持的联系。他们“不把叙事当作故事，只把叙事当作话语”。

其次，托多罗夫对叙事体态的解释是：“在读一部虚构的作品时，我们对它描述的事件没有一种直接的感受，在这些事件的同时，我们尽管以不同的方式，却感受到事件的叙述者的感受。”“更确切地说，体态反映了故事中的‘他’和话语中的‘我’之间的关系，也就是人物和叙述者之间的关系。”最后是叙述语式。他认为：“叙事体态涉及的是叙述者观察故事的方式；叙述语式则涉及叙述者向我们陈述、描写的方式。当人们说一个作家向我们‘展示’事物，而另一个作家只是‘说出’这些事物时，人们就涉及这些叙述语式。”[①]除此之外，还要倚靠热奈特和布雷蒙等人开疆辟土，使叙事学经法国为轴心传播到世界各地，使之成为最具活力的学术思潮之一。

在叙事学由法国传至全欧洲及美国的过程中，布斯的《小说修辞学》、马丁的《当代叙事学》和瓦特的《小说的兴起》显然是令人瞩目的成果。英美学者倾向于从修辞技巧入手，比较注重直观和经验化。例如布斯的《小说修辞学》对“隐含的作者”和“声音”的探讨，就不着力于叙述语法的角度，这种从修辞角度展开的叙事学分析，不仅对叙事学理论的发展产生了重大意义，还直接对当代小说的创作实践产生了重要影响。该论著重点探寻了小说作者、叙述者、人物与读者之间的修辞关系，批判性地考察了现代小说流行的见解，对作品中作者的声音，小说的叙述角度，叙述者类型，隐含作者的功能，叙述过程中价值、道德、情感等各种距离的控制，以及含混、反讽、非人格化叙述等重要理论命题，均提出了相当重要和富有启发性的见解。

---

① [法国] 托多罗夫：《叙事作为话语》，引自伍蠡甫、胡经之主编《西方文艺理论名著选编》（下卷），北京大学出版社1987年版，第506—513页。

正如这本著作的翻译者评述的那样："布斯认为，作者直接的、无中介的介入是拙劣的，因此，他便提出了'隐含的作者'这一重要概念，亦即小说世界中一个作者潜在的'替身'，一个'第二自我'。换言之，任何小说中都有作者的存在，较之于传统小说作者直接出头露面的简单形式，现代小说的作者介入更为复杂、隐蔽和巧妙，介入的方式变了，作者并未在小说的大千世界中销声匿迹，这就是'隐含的作者'。"他接着指出："布斯之所以得出作者介入是绝对必要的这一看法，是基于如下假设：小说的阅读有'一种基本要求，读者需要知道，在价值领域中，他应站在哪里——即需要知道作者要他站在哪里'。这种从总体上去控制诱导读者的功能必须由'隐含的作者'来承担，因此，'隐含的作者的传感和判断是伟大作品的构成材料'。这里，我们可以明显地看到布斯的理论与亚里士多德的诗学传统的内在联系。"①

二

二十世纪八十年代中期以后，叙事学理论开始介绍到中国，至九十年代初达到高潮。这是西方叙事学理论翻译介绍最为兴盛的时期。代表性的叙事学理论著作基本都被翻译过来，而本土的叙事研究也出现了代表性的成果，它们是陈平原的《中国小说叙事模式的转变》（1988年）、罗纲的《叙事学导论》（1994年）和杨义的《中国叙事学》（1999年）。

1986年起，叙事学理论开始影响中国当代小说批评，有代表性的是吴亮的《马原的叙述圈套》、李劼的《论中国当代新潮小说的语言结构》等文章。不过，西方叙事学登陆中国，必然会在接受吸取

---

①［美国］W·C·布斯：《小说修辞学·译序》，华明、胡晓苏、周宪译，北京大学出版社1987年版。

的过程中因中国特殊历史语境而发生剧烈变化，经过这样那样的改造，出现不同的理解视角。

陈平原《中国小说叙事模式的转变》就是一个例证。正如该书“内容简介”所指出的：“《中国小说叙事模式的转变》以1898年到1927年的中国小说为主要研究对象，借用西方的叙事理论，从西方小说的启迪与中国小说叙事模式的转变、传统文学在中国小说叙事模式转变中的作用两个视角探讨晚清与‘五四’两代作家如何完成从古代小说到现代小说的过渡。作者借托多罗夫的叙事理论，从叙事时间、叙事角度、叙事结构三个方面把纯形式的叙事学研究与注重文化背景的小说社会学研究结合起来，不仅填补了文体研究的空白，而且推进了文学的形式研究，取得了划时代的成就。”[①]该书是作者的博士论文，下了很大功夫，还因是叙事学与中国现代文学研究结合的最早成果，因此备受关注，产生了较大的影响。

但是与西方叙事学理论主要将“形式主义”作为着力点不同，陈平原把托多罗夫的叙事时间、叙事体态和叙述语式一起打包成中国化的“叙事结构”，不是从内部研究，而是从外部研究视角来整体把握和分析中国小说由“古代”向“现代”的转变。他在《“史传”、“诗骚”传统与小说叙事模式的转变——从“新小说”到“现代小说”》一文中，对自己的模式研究的方法做了这样的解释：“中国古代小说在叙事时间上基本采用连贯叙述，在叙事角度上基本采用全知叙述，在叙事结构上基本以情节为结构中心。这一传统的中国小说叙事模式，在二十世纪初受到西方小说的严峻挑战。在一系列‘对话’的过程中，中国小说终于完成了叙事模式的转变。中国小说叙事模式的转变基于两种移位的合力：第一，西洋小说输入中国，中国小说受其影响而发生变化；第二，中国文学结构中小说由

① 陈平原：《中国小说叙事模式的转变·内容简介》，北京大学出版社2010年版。

边缘向中心移动，在移动过程中吸取传统养分而发生变化。后一个移位是前一个移位引起的，但这并不减弱其重要性。”[①]

由作者自撰的“内容简介”和后面的“解释”如出一辙，都是要把托多罗夫“纯形式的叙事学研究”从内部拉到外部来，将它与颇具中国学术特色的“小说社会学研究结合起来”。陈平原/托多罗夫、中国/西方视角之所以如此不同，原因还在中国学者精神世界中有极其深厚的“史传”传统，在于1988年的中国，出于对“文革”的反思，急于借用“五四”反封建思想资源，来推动思想文化领域和学术研究领域的“中国传统文化的现代化转换”。从这一大背景看，陈平原借托多罗夫叙事理论这个外壳，去实现他对中国小说叙事模式转变的历史研究的目的，是十分明显的。

与陈平原一样，杨义的《中国叙事学》研究重点不在“纯形式叙事学研究”上，而是把这种西方式的模式研究作为一个整体观察视角，带入对中国古代小说作品结构的研究当中。

该著作一开篇，即开宗明义地强调，“结构一词，在叙事学体系中虽然已经是名词，但从它的中国词源上看，它原来是动词或具有动词性”，因此，“寻找‘结构’一词在词源上的动词性，实际上乃是寻找结构的生命过程和生命形态”。他举例说：“所谓落笔，就是把作者心中的‘先在的心智结构’加以分解、斟酌、改动，赋予其外在形态，成为文本结构。”[②]他对作品结构的解释，就与罗兰·巴特对作品结构的分析十分不同。巴特问道：“到哪里去寻找叙事作品的结构呢?”他的界定是：“从结构的角度来看，叙事作品具有句子的性质，但绝不能只是句子的总和。叙事作品是一个大句子。如同凡是陈述句在某种程度上都是小叙事作品的开始一样。”他认为，作品结构分析事实上就是对语言的分析，“在叙事作品的众多人物里可以

① 陈平原：《“史传”、“诗骚”传统与小说叙事模式的转变——从“新小说”到“现代小说”》，《文学评论》1988年第1期。

② 杨义：《中国叙事学》，人民出版社2009年版。

找到语法分析的基本功能”，因为“语言学从一开始就给叙事作品的结构分析提供了一个关键的概念”[①]。杨义认为作品的结构就是人物结构，具体地说是他们的“生命过程和生命形态”，而罗兰·巴特认为作品结构是一个大句子的结构形式。杨义对西方叙事学理论的偏移，显然与中国人天人合一的自然和社会观念相关。

为倡导他心目中的“中国叙事学”，他以小说《金瓶梅》为例进行了分析，认为其叙事结构是一种“以道贯技的双重形态”，“《金瓶梅》：玉皇庙、永福寺；生、死；兴、衰；以地点重复而强化人事反差。”双重形态以某种“潜隐结构”的形式相互呼应，以象征的方式赋予整个情节发展以哲学意义。为此，作者颇为自信地认为自己发现了与西方叙事学理论不同的东西：“叙事结构的道技之辨的要领，‘未有形体在先’，是对结构之道的体验，而结构形体则是结构之道的‘寄托’。循形悟道，因道释形，是叙事结构的道技之辨的要领所在。”[②]

与杨义不同，罗兰·巴特在强调语言结构即作品结构的时候，是以亚里士多德的理论为依据的：“在亚里士多德的诗学里，人物概念是次要的，完全从属于行动概念。亚里士多德说，可能有无‘性格’的故事，不可能有无故事的性格。”[③]

杨义在接受叙事学理论影响的时候，侧重内容而非形式，是为他的中国古代文学叙事学研究服务的。这就是，他并没有把叙事看作作品的主体，而是结合其功能结构来分析中国小说叙事中天人合一的矛盾，例如把《金瓶梅》的作品结构理解成“生、死”/“兴、

① [法国] 罗兰·巴特：《叙事作品结构分析导论》，引自伍蠡甫、胡经之主编《西方文艺理论名著选编》（下卷），北京大学出版社 1987 年版，第 474—477 页。

② 杨义：《中国叙事学》，人民出版社 2009 年版。

③ [法国] 罗兰·巴特：《叙事作品结构分析导论》，引自伍蠡甫、胡经之主编《西方文艺理论名著选编》（下卷），北京大学出版社 1987 年版，第 490 页。

衰”等相互呼应的过程。因此，《西方文艺理论名著选编》的主编伍蠡甫在该书“代序”中也申明，他们之所以把象征主义、表现主义、叙事学介绍过来，采用的也是批判性反思的视角，并不是盲目认同的态度。他在分析巴特的理论时指出：“这一流派认为，解释作品完全是读者和批评家的事，与原作者的思想无关，因此出现了“作者告退、读者方滋”的说法。巴特断言：作品‘文本的意义并不在它本身，而在读者接触文本时的体会中’。读者如果有所体会，也就等于参加文本的创造了，那原作者岂不是可有可无了？”[①]这等于肯定了陈平原将纯形式叙事研究与小说社会学研究结合的做法，同样肯定了杨义以人为中心的叙事学研究，即使对引进西方叙事学理论用力颇勤的这位老先生都是如此，二十世纪八九十年代中国学者对叙事学研究的侧重点和兴趣点，就可想而知了。

三

与中国现代文学研究关注西方叙事学理论几乎同时，当代小说批评在推动“先锋文学”创作兴起的过程中，也对此表现极大的兴趣。

1979年至1984年，“伤痕文学”和“反思文学”借助思想解放的强劲东风，对“文革”的社会现象展开了声势浩大的批判，在为改革开放鸣锣开道中发挥了关键作用。但很快，“文学自主性”的口号推动了中国当代文学的重要转向。1985年的“寻根文学”、1986年后的“先锋文学”就是这种文学转向的历史风向标。那么，怎样将当代文学创作从社会学、神学的捆绑中解放出来，刚引进的叙事学理论无疑成为重要武器。批评家吴亮第一个提出了以“叙述”代替

---

① 伍蠡甫、胡经之主编：《西方文艺理论名著选编·代序》，北京大学出版社1987年版。

“表现”的创作主张。在批评名文《马原的叙述圈套》中，他相当有勇气地指出：

《虚构》等一些小说里，马原均成了马原的叙述对象或叙述对象之一。马原在此不仅担负着第一叙事人的角色与职能，而且成了旁观者、目击者、亲历者或较次要的参与者。马原在煞有介事地以自叙或回忆的方式描述自己亲身经验的事件时，不但自己陶醉于其中，并且把过于认真的读者带入一个难辨真伪的圈套，让他们产生天真又多余的疑问：这真是马原经历过的吗？（这个问题若要我来回答，我就说：“是的，这一切都真实地发生在小说里。至于现实里是否也如此，那只有天知道了！”）[①]

吴亮的大胆在于，如果“十七年小说”和“伤痕文学”和“反思文学”遵循现实主义小说的创作原则，强调人物、地点和时代三因素的一致性的话，那么吴亮以新历史主义为爆发点的叙事学批评，就反其道而行之，他强调叙述的真实就是社会的真实，并把叙述看作文学创作的根本性原则：“我认为迷信文字叙述的小说家是真正富有想象力的，他们直接活在想象的文字叙述里。最好的小说家，是视文字叙述与世界为一体的。”[②]作者还将在马原小说中发明的“圈套说”，运用到韩少功、残雪、扎西达娃等人的作品中。他相信韩少功和扎西达娃等人——或许包括整个先锋小说家阵营——都懂得了这个秘诀，才对当代小说的形式探索做出了积极的贡献。

今天看来，吴亮的文章也许只是一种崭新主张，并没有对叙事作品进行语言学意义上的结构分析。李劼紧接其后发表的《论中国

① 吴亮：《马原的叙述圈套》，《当代作家评论》1987年第3期。
② 吴亮：《马原的叙述圈套》，《当代作家评论》1987年第3期。

当代新潮小说的语言结构》，才真正是用分析语言句子的方式细读新潮小说家作品的典型案例。李劼的运笔方式，看问题的角度以及方法，都带有罗兰·巴特和托多罗夫等人著作的浓厚痕迹。他这样写道：

> “我就是那个叫马原的汉人。”
>
> 这是《虚构》的开头。这个开头呈示了整个小说的基本句型（甚至可以说是马原所有小说的基本句型），也缩写了整个小说（甚至包括马原的所有小说的）的叙事方式。对此，可以从最基本的句法结构入手，展开一系列有关的论述。
>
> 从这个句子的基本语法成分来看，它是一个极其简单极为常规的完整的主谓宾句式。
>
> “我——是——汉人。”
>
> 主语——我，谓语——是，宾语——汉人。其中，状语“就”和定语“那个叫马原的”分别是对谓语和宾语的限定和强调。如果从语音、语义、修辞格上说，我们看不出这个句子究竟有什么奥秘。因为它的奥秘在于它的句法结构上。它也是一个自我相关的句型结构，但它的结构重心不是在语义的自我相关上，而是在语法的自我相关上。主语——我通过谓语动词在后面的定语和宾语中做了有层次的复调性的伸展——汉人——马原——那个叫马原的汉人，而那个叫马原的汉人也是我[①]。

从吴亮、李劼的文章看，他们用“作品形式”代替“作品内容”的批评意图是显而易见的，这是要重建以作者、叙述者和作品为中心的文学世界。从当时的历史环境看，这种意图具有“文学革命”的意义。然而在更长的历史纵深里看，这种形式分析批

---

① 李劼：《论中国当代新潮小说的语言结构》，《文学评论》1988年第5期。

评的局限性即暴露无遗。因为二十世纪九十年代以后，作家们的历史分析能力明显下降，不见得就比路遥和陈忠实等作家有明显进步。中国当代文学创作自1985年以后的“向内转”，已经造成了比较大的问题，这是毋庸置疑的事实。不过这不是本文分析的重点。

可以看出，李劼对新潮小说形式结构的分析明显受到了布斯《小说修辞学》的启发。他虽然从主语、谓语、宾语、状语和定语等现代汉语基本成分入手，但重在分析马原小说《虚构》的修辞技巧，也包括对作品中“隐含的作者”和叙述者关系的辨析。李劼的文章实际是在宣布“作者退场”，强调叙述者对故事的重新构造，而且更接近罗兰·巴特所谓“人物的概念是次要的，完全从属于行动”的小说观。

由此，“叙述”成为中国当代小说家谈论最多的关键词，也是他们是否有故事叙述能力即艺术创造力的试金石。这正是作家李洱在接受采访时明确表述的：“个人生活，或者说作为作家的那个个体，其实已经分崩离析。你不可能告诉读者你对世界的整体性的感受，那个整体性的感受如果存在，那也是对片断式、分解式的生活的感受。我自己在阅读当代小说的时候，我总是不由自主地关心小说的叙述人：这部小说是谁在讲述？而在读那种传统意义上的小说的时候，我不会关心这个问题。虽然一部小说，毫无疑问是由作家本人讲述的，但奇怪的是，我们对作家本人失去了信任，我们需要知道他讲述这篇小说的时候，是从哪个角度进入的，视角何在？”[①]以“叙述”代替“作者”成为二十世纪九十年代以后中国当代小说创作的主流，由此可见一斑。

西方叙事学与中国当代小说批评的关系可能与现代文学研究不

---

① 李洱：《虚无与怀疑语境下的小说之变——与梁鸿的对话之二》，引自《问答录》，上海文艺出版社2013年版，第110—113页。

同。中国现代文学属于历史研究范畴，传统文化的重心势必会将叙事学理论改造成有利于自己历史看法的一部分。当代小说批评直接参与当代小说创作的洪流，因此叙事学理论反而内化在当代小说修辞技巧中，并深刻影响着作家看问题看世界的视角。

在今天语境中再看“文学史重写”问题

杨庆祥的新著《重写的限度》即将出版，值得为他高兴。他到中国人民大学文学院攻读中国现当代文学专业的硕士学位和博士学位，我们相处了六年。去年又留校任教，我们成为同事。他应该是跟着我时间最长的学生之一。

庆祥原来写诗，我曾怀疑诗人能否成为一个学者。但今天看来，年轻时候有过文学创作的经验，对后来从事学术研究大有裨益，假如我们把诗人身份隐藏在学术研究下面的话。文学创作，可以使人具有敏锐的观察力和艺术感觉，而这两点恰恰是一个优秀的学者应该具备的条件之一。

虽然不能说所有没有经过文学创作训练的研究者都会先天不足，至少我们已经看到，一些人对自己所要研究的问题，对研究领域的了解和规划，确实是缺少敏锐的观察力和没有目的性的。也可能是这个缘故（至少是之一吧），在我带过的二十多名博士生中，杨庆祥是少有的让我放心的学生之一。他平时寡言，但心中有数，头脑清晰，善于表达，从做硕士论文开始，就已经明白，什么是自己可以做的，什么是不可以做的；而对不可以做的问题，又采取什么方式来加以弥补、调整，绕一个或几个弯子，再换另一种方式进入研究的问题。

杨庆祥攻读博士学位三年，在《文艺研究》《文艺争鸣》《当代作家评论》《南方文坛》等有影响力的杂志发表学术论文十篇，其中一篇被《新华文摘》全文转载，并获得《南方文坛》2007年度“优秀论文奖”。他的一些文章已经受到人们的相当注意，有的观点还被其他大学的博士生硕士生论文引用，这对一个刚三十岁留校的年轻人来说，已属不易。

二十世纪八十年代的“重写文学史”“二十世纪中国文学”，使“文革”后的中国现当代文学学科脱胎换骨，完全进入另一条轨道，现当代文学学科因此重新洗牌。但遗憾的是，二十多年来一直没有人认真清理反思过这一重大的学术思潮，就连当年的发难者都没做过任何工作。这是我考虑让杨庆祥做它的研究的主要理由。对这一本来就具理论强势、自信满满的学术思潮，应该采取怎样一种重新进入的方式，用怎样一种研究角度与之对话，关系著作整体的成败。

我们设想，一是采取强势的理论对话，用高屋建瓴和事先预设的理论姿态，将这一思潮先设定为几个历史立足点、知识点，在一种整体性的架构中讨论它的意义和问题；二是以“讲故事”的手段，把北京和上海作为故事的骨架，通过叙述串联“重写文学史”的发生、发展和学界反应，它的历史延伸及其对整个现当代文学学科产生的冲击效应，等等，从中理出一条可讨论的历史线索。

杨庆祥所做的研究，就是根据这一线索向纵深深入，在此基础上建立自己学术研究的逻辑关系、历史根据和学理自足性。杨庆祥的这部新著，采用的正是后一种方式。另外更重要的是，“重写文学史”思潮已是二十五年前的故事，裹挟在那场思想解放运动和新启蒙浪潮中的“人与事”，或是已经退场，或是成为文学史博物馆里的馆藏。对像杨庆祥这样的“后代研究者”来说，首先它已经具备了一种“历史陌生化”的形象；其次，研究者与研究对象之间因为时间长久而产生的历史距离，也应该是研究者必须重视的前提。不具备这种意识，是无法重新研究“重写文学史”思潮的。而且，研究者自己具备的历史深度、知识储备和评析眼光，也是能否形成研究之问题并产生学术价值的前提条件。

之所以这样谈论“重写文学史”思潮，显然是因为我今天所处的历史语境发生了深刻变化。与它连带在一起的还有制度环境、知识结构、学科建设等。在这种不同于重写思潮发生背景的文化环境下开展对它的研究，不仅对于研究者，即使是似乎已成历史纪念碑的“重写”思潮，也都在发生某种历史位置的挪动。

杨庆祥通过“两个城”（北京、上海）之间的时空转换，通过对北京和上海两个学术群体历史动机、认识装置以及研究者身份的重新认知，已经对多年前的那场思潮做了重新布局。这种布局，如果能够被更多学界人士所接受的话，也许会成为一个历史时期人们对该思潮的接受视角和想象形式。但是，对于后代研究者来说，重温的过程是一个自我寻找的过程，同时也是一次自我整理的过程。他在研究问题时，会时时意识到自己应该站在什么样妥当的位置，建立怎样一种视野，使用怎样一种知识，他在与历史对话的时候，实际上正是这种“位置”“视野”“知识”与前者的对话，而并非书写者本人的全部历史行为和语言符号行为。

我注意到，杨庆祥一改他过去善于在讨论中推进问题的方式，采用从第一手文献资料中梳理问题的方法，甚至有在某些部分大量铺排这些资料的嫌疑。他这样做，无非是倾向于把“重写”思潮置放在更为结实的历史基础之上，而不像有些热衷思想的研究者，更愿意在事先准备好的框架里填充问题，包括填充作家作品。我欣赏这种工作方式。因为我从来都觉得，所谓文学史研究，实际是对历史文献的仔细整理和研究，是那种“论从史出”，而非“史从论出”的工作方式。这种方式不一定好看，但具有生命力，尤其是当某些新潮理论和批评再次因年代转折、历史震荡而遭人诟病并被遗弃的时候，这种老老实实的工作方式，才始终活在我们的书斋之中，每天与我们相处，并不时给我们带来历史生命的欣喜。

至于这部书稿，我不愿给予过多的评论。因为我一直相信，没有任何人的序言能够左右优等读者对问题的判断，即使鉴于某种特殊时代氛围，它可以影响一时，却不能左右长久。杨庆祥的新著就是他近年来工作的最有力的证明。而当我即将写完这篇短序的时候，我意识到自己已经成为这部新著的旁观者。我像许多希望了解它的历史纹理和问题储存的读者一样，更愿意自己坐下来，在阅读中走近作者，并与他一起享受思考和写作的快乐。

（杨庆祥《重写的限度》序）

“80后”的文学史研究

我知道杨庆祥比较讨厌别人称他为“80后”，因为他愿意对人“年龄”的评价做更多样化的历史的理解，而不是简单的社会学归类。不过，他确实出生在二十世纪八十年代，所以我想指出这恰恰是他作为后起研究者的独特性所在。

杨庆祥是安徽人氏。安徽是人所共知盛产批评家的省份之一，如李洁非、郜元宝、洪治刚等。安徽人“五四”时就有酿造时势、推动文学之走向的先例。即使在今天，陈独秀（安庆人）、胡適（徽州人）这两位中国现代文学的“首义之人”，也还在深刻影响着人们理解与研究文学的途径和方式。二十世纪三四十年代的朱光潜，某种程度也改变或者说重建了现代文学史的地图。这都是无法否认的事实。我不知道他与这一切是否有联系，但我相信一个地域的文脉与文气是能不断地给它的后继者某种激励的。杨庆祥2004年进入中国人民大学读硕士，2006年攻读博士，一路下来已在北京待了五年。他最初是铁定做一个诗人的，最不济也做个诗歌批评家。他曾经狂热地写诗，后来转入地下（大概是受了我的某种“打击”），据说现在已很少写作。不过，他仍把诗看得比小说“更高”，对此我却不能苟同。一开始我还担心，个人爱好和思维方式如此诗歌化的年轻人是否能从事文学史研究。杨庆祥没有让人失望，他虽然经历过反复，但他的硕士论文一上手就进入了状态。他研究的是两个诗歌选本对“第三代诗歌”的建构问题，眼光异常冷静，并且有意与研究对象保持了客观距离，确立了一个“旁观者”的立足点。在写作中，他一般不就事论事，落入研究对象的陷阱，而是左右机动、举一反三、融会贯通，拿得起，放得下，将问题放置在“八十年代”的大语境中来讨论。三万多字的论文，把第三代诗歌的来龙去脉、历史渊源和文化性格讲得清清楚楚，有不少有趣的“发现”，这样的工作实际并不容易。

2007年，是杨庆祥文学史研究的“崛起”之年。两年来，他接连在《文艺研究》《南方文坛》《当代作家评论》《文艺争鸣》《当代文坛》等当代文学研究界的“大牌杂志”上发表过十多篇万字以上的论文，有的被《新华文摘》全文转载。因《南方文坛》的赏识和厚爱，他还获得该刊“2007年度优秀论文奖”，有幸与众多师长辈批评家和学者站在一起领奖，我想这件事对他终身都会有很大激励。我不想讳言，这些“成果”即使拿到一些大学申报高级职称仍然是不会逊色。杨庆祥近年写得最好的一批论文，我以为是《审美原则、叙事体式和文学史的“权力”》（《文艺研究》2008年第4期）、《“读者”与“新小说”之发生》（《当代作家评论》2007年第4期）、《路遥的自我意识和写作姿态》（《南方文坛》2007年第6期）、《“主体论”与“新时期文学”的建构》（《当代文坛》2007年第6期）等篇。如果说，“文学史研究”是一种“后发式的批评”，那么在我看来，它们应该是从二十世纪八十年代文学的“问题”出发，通过对当年文献的重读、比较、归类、挑选和“知识考古学”分析，通过质疑“已有”的批评和研究“结论”，以提出自己问题的方式所做的研究工作。这种研究不是过去那种“追求结论”的工作，而是通过提问题的方式进一步激活那些沉睡在结论深处的“问题”，使之产生对于今天的当代文学研究来说更具有建设性、启发性的对话的意义。它试图要回到我们当代文学学科的根部，大胆地、不是想当然地找出它的“系列问题”，加固已有的支点，并对那些摇摇欲坠的现象、问题进行重新装置。于是，在我看来，他的《路遥的自我意识和写作姿态》一文，应该是近年讨论“路遥现象”最具创见性的论文之一，实际也廓清了这个问题上那些“道德化”的纠葛，使路遥成为当代文学史中的一个“重要问题”，或者进一步说使他成为一个“问题作家”（就像现当代文学对鲁迅、赵树理、浩然“意义”的重新发现一样）。这一工作显然不是终点。对更多的“80后”的文学批评家和文学史研究者来说，它也许是一个不能忽视的起点。

杨庆祥为人低调、平实、谦虚，却不畏惧学术权威，这一点能从文章中隐约看到。他潜心于当代文学史研究，没有过于张扬或令人讨厌的学究气，其同门师兄弟大概可以做证。他常与我争论，也不简单附和或认同别的讨论者的意见，然而事后总能巧妙地吸收大家的观点，并在论文的修改和充实中有所体现，使其更具光彩和锐气。我们师生一场，有长达五年的光景。每每回忆课堂上不失紧张的争论和讨论，也会惊讶于这一切都“发生”得那么自然。它是学理的探讨，是纯问题的争辩，是服从学术良知的实验性的工作，而学术面前人人平等的氛围就在这枯燥、考验人们忍耐力的漫长岁月里逐渐形成。这几年来，杨庆祥给我最深的印象是头脑冷静，思维清晰，表达准确且有分寸感。当然，也不是所有的事都“完美无缺”，比如，我有时交代一点无关紧要的事情，他当面应承下来，事后却不了了之。幸亏我记忆力不强，又不是事必躬亲的顽固个性，这样，就让他和他的师兄弟经常“幸免于难”，居然没有发展到“兴师问罪”的地步。这是文末戏言，读者切勿当真。

“诗人”与“现实主义”

黄平选择贾平凹小说作为他博士论文研究的对象，缘起于2006年后他写作的两篇与陕西作家有关的出色的论文。一篇是《“人”与“鬼”的纠葛——〈废都〉与八十年代“人的文学”》，另一篇是《从“劳动者”到“劳动力”——“励志型”读法、改革文学与〈平凡的世界〉》。

前者探讨二十世纪八十年代和九十年代文学转型中贾平凹长篇小说《废都》的历史位置和牵涉的问题，后者则将文学转型问题做更宏大的展开，是说经历了中国社会结构的重组和文化产业转换之后，八十年代被人们所歌颂的“劳动者”形象是如何异化为“劳动力”的。它们都不是从“问题”到“问题”，而是以作家的一部长篇小说的主题、主人公为具体考察对象，从人物与历史复杂的关系里面讨论关乎整个当代文学转变和走向的大问题。由于它们是从具体作品的分析中产生的，而不是从某部理论著作或学界时髦话题中摘引下来的，所以发表后，给人留下深刻印象。前一段时间遇到作家李洱，他还专门提到《从“劳动者”到“劳动力”——“励志型”读法、改革文学与〈平凡的世界〉》一文，以极为欣赏的口气表示，这篇文章触及并深入研究了当前文学创作中遇到的一个重要问题。

我也自觉这是黄平近年来当代文学史研究的可观收获，问题是他通过认真思考，精准的作品研读，以及逐层的问题展开，显示出把握较大文学史问题的眼光和能力。

2007年，黄平进入博士论文选题阶段。有一次，他对我提到要做贾平凹小说研究，我自然是赞成的。因为有重新讨论《废都》这篇论文做铺垫，我觉得他能够从中挖出些问题，将作家作品放在一个较大的历史视域里，在强调它们与历史的关系的同时，对所研究之对象做更充分的延伸和展开。起先的考虑，是把重点放在贾平凹小说与二十世纪八十年代“改革文学”思潮的关系的主轴上，借以观察文学思潮是如何并非外在于作家作品，而是以独有方式进入其中，参与、渗透、介入一个作家的文学想象过程的。这当然有些难度。主要是首先得在论文绪论中界定什么是“文学思潮”，其次是确认贾平凹小说在当时历史情境中的位置，最后，当然要设定一定的层面，在此层面上讨论二者之间的关系。由于有了这种“关系”，作家的创作又发生了异变，一些变化是文学界的，有些则与作家身处的地域、气候、文学传统、个性气质等有关。这些东西，还都没有涉及这篇博士论文写作的动机、目的，这就是它要回答什么问题，并从什么方式来加以解决。在我的潜意识中，是要处理由于八十年代改革开放社会思潮和文学思潮的规约性，作家的创作风格、面貌和走向之形成的深刻原因。它实际并非一般的“作家创作论”，而是一种“文学史哲学”研究。因为如果做成“创作论”，我们两人还在那里头痛地讨论那么多问题干什么，不是有许多现成的论文可以参照吗？但是，如果进入文学史哲学的层次，那么我们的“问题”在哪里？它将要牵扯出的那个更重要的东西究竟是什么？说老实话，这些不光令黄平感到前所未有地为难，我也一度陷入犹豫不决之中。

在此过程中，黄平以他的艰辛和毅力大量披阅贾平凹二十世纪八十年代的小说，关于这些小说的评论文章，据他自己说，用了大半年时间，对贾的小说“几乎读完”。也发现了一些过去从来没有意识到的现象，例如，由于长期的写作，一个作家的主题、题材、风格、语言、细节和对话难免重复；作家文学想象方式的形成，实际也是写作习惯形成的过程，它们有的来自作家对经典作家作品的阅读，如明清小说、沈从文、孙犁，等等，有的则来自作家生活环境的影响。如此等等，都使黄平在趋近并建立一种对贾平凹小说创作的整体感觉。我原来设想，后来黄平也同意，我们得找出一些立足点，尽量回避对作家创作的整体评论。例如，“改革文学”的文学思潮与“改革开放”社会结构究竟是一种什么关系，如果我们把文学思潮从社会结构中剥离出来，那么这种文学思潮形成之最后理由是什么。再例如，对贾平凹这么一个文学资源和艺术风格都比较复杂，且掺杂着他个人鲜明艺术秉性的小说家来说，他不一定都是为“文学思潮”而写作的，他或许在许多地方都有所偏离、纠正和自我生成，而有些地方是暗中迎合的，是秘密结盟的。对这漫无头绪、线索多重的现象，研究者应该怎么整理、区分，在此基础上寻找若干立足点，也就是博士论文通常要做的若干个知识点，通过它们建立一种历史关系、逻辑，并形成知识和历史关系的整体性的链条。到了讨论这些问题的阶段，我才意识到批评家雷达曾经说过的一句话：“贾平凹的小说很好看，但不好评论。”在我看来，就是它的杂。因为杂，才需要归类、区分、整理；但因为面对的是一个相对复杂的作家的艺术世界，这就对研究者提出了相当程度的挑战。

黄平博士论文的框架，读者应该一目了然。第一章是文学思潮，第二章探讨作家小说的观念，第三章进入作家创作世界的内部，第四章则深入讨论贾平凹在文学思潮和个人创作之间遭遇的问题。应该说，论文框架是非常清楚的，层次上由浅及深，步步为营，作者是想把作家创作展开在二十世纪八十年代的历史大舞台上。作者清醒地看到：“纵览二十世纪中国文学史，这是比较罕见的现象，一个作家同时得到政治、市场、学界各个方面的认同。当然，笔者不是对于贾平凹的‘成功’不加省思地认同，而是想尝试指出，就理解三十年来的‘当代文学’而言，贾平凹是一个‘绕不开’的对象，不仅仅是对于‘重返八十年代’意义上的对‘八十年代’认知框架与美学观念的再思考，同样延伸到九十年代以来的文学状况。作为三十年来始终居于文坛中心的作家，贾平凹写作的成就与不足，联系着三十年来主流的文学想象与文学规范，以及我们身处的时代各种权力关系交织博弈所达成的‘文学的法则’。”这可能就是我上面所说的“文学史哲学”的问题。

黄平是要通过一个作家的创作，来“理解三十年来的‘当代文学’”，他不想把精力花费在对作家创作成就的评头论足上，而是要越过这一障碍继续前进，直到找到二十世纪八十年代“当代文学”的“基本结构”。这种结构并不是一开始就存在于那里的，它是特殊年代留下的历史遗产和文学遗址，而且是经过许多作家的艰苦思索、艺术探索和创作，最终搭建起来的。这里面，一方面有那些作家对“八十年代”的文学想象、表现、认知和艺术型构，但更重要的是，“八十年代”又怎么因为作家的艺术创造，而变成今天我们所看到的“这种面貌”的，是怎样形成了今天人们所看到的这座“文学纪念碑”的。为把问题充分展开，并做细致的区分、加工和整理，这篇博士论文对贾平凹的大量作品进行了分析。这些内容都在论文中得到充分体现，读者应该能够读到，不用我再叙述。

（黄平《“诗人”与“现实主义”——贾平凹小说论》序）

以“文学社会学”的方法研究红色经典《红岩》

钱振文2004年考入中国人民大学攻读中国现当代文学专业博士学位，但他是二十世纪八十年代末的硕士研究生，在我的学生中属于“资深”的博士生，而且之前他有在报业供职十年的经历，这就使他的人生历练远比其他人丰富、复杂，有老到的阅世眼光和观察能力。当然，对研究中国当代文学史的人来说，这漫长和丰富的经历也许不是坏事。

振文平日话语不多，即使与我说话最多的一个时期，例如讨论博士论文问题的时候，也是三言两语，点到为止，从不多言。听他硕士阶段的老同学说，振文读书是那种“沉潜型”的，他对于外在的诱惑好像没有反应，喜欢沉溺在书籍中，善于思索，而且比较安静。这种性格，按讲是应该早早到大学或研究机构中的，不知道为什么他硕士一毕业反而去了新闻界，而且一干就是十年。老实说，也正是由于这层原因，他2004年考进来的时候并没有优越性，知识结构并不新颖，总是习惯按照二十世纪八十年代研究现代文学的方式想问题。他曾与我讨论过研究铁路与现代文学传播的问题，似乎要投入对资料的阅读、发掘、整理，继而发现一条研究现代文学的新路径了。这种想法固然不错，但我仍然非常担心，他要到国家铁路博物馆等单位查找资料，每天从北京到上海、武汉、广州、南京等各主要城市的列车车次和抵达时间，倒是可以查阅到的，但它与现代文学的“传播”究竟有什么关系？这种关系说明了什么呢？尤其是二者之间的逻辑关系和文化关系是通过什么建立起来？建立起来又有什么意义呢？它会被研究界接受并被认为是一个有趣的研究领域吗？如此等等，恐怕都非常麻烦。我们至少在这个问题上周旋了几个月。最后，他还是放弃了这个想法。

我建议他不妨专门全面地研究罗广斌、杨益言的长篇小说《红岩》。一是国内的“红色经典研究热”刚刚兴起，这里面似乎还有不少讨论的空间和可能性；二是即使已有“十七年文学”的研究成果，但还未发现采用一篇博士论文的篇幅和规模研究《红岩》的。振文毫不迟疑地接受了这个建议。他马上行动起来，先是与我的朋友、重庆师范大学的周晓风教授联系，自费去重庆实地了解、考证相关的资料。接着，又到小说《红岩》责编、中国青年出版社已故老编辑张羽先生家附近的小旅馆中“潜伏”了半个多月，运用记者善磨的能力，说服了张先生的夫人，每天去她家里，在张先生遗留的两大袋手稿、资料中寻找有价值的东西，这使他收获颇丰。另外，他还通过许多人，不惜代价和精力地穷究与张先生、《红岩》写作有关系的人和事，也发现了不少有价值的踪迹。比如，《红岩》共写过四稿，他读过其中的三稿；比如，该小说的三十万字，其中十万字基本是张羽修改、补充和完成的……这些令人惊讶的发现，不仅使他成为目前国内学人中掌握《红岩》材料最多的人，而且由于他的勤奋工作和诚实、仔细、认真的考证，一些已经出版的当代文学史中出现的错误也都被他发现。读过近年来钱振文发表在一些学术杂志上的论文，我上面的“断言”应该不虚。据说，他的研究成果还受到了美国一些学者的注意，我相信随着这部资料丰富、论证翔实的著作的问世，会有更多的人对之产生浓厚的兴趣。

《红岩》的全面研究，面临可以想象的挑战和难度。这是因为，近年来“十七年文学”研究已经取得令人瞩目的学术成果，随着人们对“左翼文学”内部复杂性了解的深入，随着一大批与之相关的文献资料的披露，关于“十七年文学”的研究，正在走向成熟化，形成很多方法、角度和特点。当然，这些“成熟”的方法和视角，也会使问题的进一步展开面临阻碍。钱振文这部著作基本采用的是“文学社会学”的研究方法，它的重点是讨论国家新的出版制度形成之后《红岩》的“生产”和相关的一些问题。当然，反过来作者可能更感兴趣的是，也许并不是先有“出版制度”才有“《红岩》的‘生产’”，正是通过《红岩》“生产”的矛盾性、丰富性，才有今天我们所看到的“十七年文学”的“生产”吧。依我看，振文不是思辨性的研究者，他是那种通过大量辛苦而认真的爬梳，在对资料的分析、整理、质疑与讨论的基础上提出自己观点的研究者。正如作者所说的：“本文采用的是“个案研究”（case study）的研究方法。具体说，就是针对在写作方式上既有很大特殊性同时又有很大典型性的小说《红岩》作为研究的对象，通过详细梳理《红岩》组织生产的整个过程和对生产过程当中详尽而具体的细节的甄别，呈现作为政治文化的中国当代文学生产过程中出人意料的复杂性。”“在这样的目标下，本文在写作过程中尽可能地搜集和使用了相当一批非正式出版物资料。这些资料包括对当事者访谈时的口述实录；一些组织机构如出版社保存的原始档案资料；也包括相当多的与此题目有关联的当事者如当年的责任编辑张羽，作者之一刘德彬，参与写作活动者沙汀、马识途等人的一些没有公开发表的各种文字记载，这些文字记载包括工作日记、没有发表的手稿、来往书信、会议记录、采访记录，等等。作为参考，这些非正式出版物资料将有选择地在本论文的附录中予以展示。”论文中有很多“没有公开发表的各种文字记载”和“出版社保存的原始档案资料”，它们以“历史沉默者”的姿态，再次向我们展示了《红岩》小说从领导“出题目”到“组织写作”再到“反复修改”过程中许多鲜为人知的历史细节。把这些看似分散、凌乱和无组织的材料再次“组织”为一种历史叙述，所揭示出来的就不仅是“中国当代文学生产过程中出人意料的复杂性”，还有后来历史对它们的有意遮蔽，以及今天人们在“看似重返”过程中新设置的认识障碍。如此等等，都进入了钱振文深思熟虑的研究，成为他博士论文最为出彩的部分。

我们真能通过学术研究“复原”一部“真正的历史”吗？钱振文在书稿中也提出了一个不失尖锐的问题：“谁有资格代表历史发言？”他认为，“直到今天，对《红岩》的评论和研究的对象就是《红岩》本身，几乎没有谁对《红岩》创作前作者们的文字活动略加注意。这主要是因为在风靡全国的小说《红岩》写作之前，作者们带有文学性的文字活动少之又少，但是，小说《红岩》所涉及的几乎所有文学史问题在这个时期都开始萌发，诸如‘写什么’‘谁来写’‘怎么写’等问题都可以从以上所述事实中得到初步的答案。而在所有这些问题和答案中，最有意义的是谁有资格来描述历史。”当然，这不仅涉及当年的各种“讲述者”“小说作者”等，也涉及今天“如何研究他们”的问题。而我以为的“难度”就在这里。当我们意识到应该用一种方法重新进入对它的历史整理和分析的时候，其实我们的“方法”也在受制于一定的历史环境、知识氛围和学科约定，尤其是当《红岩》评价的“当代史”仍然在影响、制约着我们的清理性工作的时候，“谁有资格来描述历史”的问题就可能被暂时搁置。这也许正是这篇博士论文潜在的学术价值。它以“呈现材料”的方式，提出了在研究《红岩》时随时可能遭遇的许多有价值的“问题”；它不是以“做结论”，而是以“客观叙述”的方法，为今后进一步的“历史整理”腾挪出相当大的研究空间，不是重新以一种“模式”将它捆死。我想说的最后一句话是，但愿它的问世能给人带来研究问题和发现历史的惊喜。

（钱振文《〈红岩〉研究》序）

用“对举法”理清中国新诗史

我与陈均博士认识已经十多年，他从青年诗人到诗歌的研究者，这中间经历了很大的跳跃，可以说是一次思维方式的根本转变。当然，他的内心世界中仍然保持着诗性的东西，这也是一个诗歌研究者所必备的气质。其实，放大一点说，研究文学的人假如没有这种内在质素，他要想取得一定成果也是令人怀疑的。陈均在我这里读完硕士，然后师从孙玉石先生攻读博士。因北大学术风气熏染和严师的督促，我感觉，他这几年有很大的变化。这部著作的出版，给人们带来了欣喜。

陈均的博士论文《中国新诗批评观念之建构》，是一个有风险、有相当难度的题目。近年来，新诗的“发生史”研究成果不绝，有一种举一反三、层出不穷的意思，其中涉及语言转变、出版与新诗集、诗学论争等不同方面。所以，如何在这一本来“狭小”的领域内避开别人的论说，开辟自己新的研究的可能，是一个非常令人头痛的事情。而近年我越发以为，诗歌不像小说和文学史，有一些具体的可以“量化”的东西，如小说的“叙事模式”、文学史的资料处理和新的认识。诗歌好像更偏向“玄想”和“精神”，因而表达方式便呈现虚无缥缈的特征。

我在课堂上最怕给学生讲诗，虽然我头上顶着一个“诗歌研究者”的名号。有一次让本科学生读戴望舒的《我底记忆》，结果读来读去，读出来许多个奇奇怪怪、难以理解的戴望舒，以至于那堂课我都无法收场。这就使得诗歌的研究者想方设法地为自己的研究建立一个“言说”的平台，希图借助某些“物质化”的表述，将诗歌内部许多细微复杂且缠绕不清的问题层层剖开，然后加以显微镜式的观察、分析和归纳。

幸运的是，通过反复再三的痛苦思索，陈均找到了一种适合自己的处理问题的研究方式——这就是“对举法”。作者把中国新诗史上的主要观念，列为“自然与格律”“说理与象征”“情感与经验”“内容和形式”四个对举式的形态。他认为，“自然”与“格律”上批评角度的分歧，体现了“新诗创生之初的历史语境”，而“说理”与“象征”这一对观念在某种历史场合的“相遇”，通过不同的艺术想象，在后来的深度阐释中揭示了它们之间的“相关性”。“情感与经验”之间的紧张、分歧、磨合与转换，既“见证着中国新诗之转型”，也预示了其在以后的批评实践中仍会不断地构成一个新的矛盾和问题。

陈均的论文敏锐地意识到，这些“对举”的“诗歌观念”的创生，其实不单为中国新诗的发展铺设了基本的路基，同时也型构了后者的基本理念和矛盾。于是，他试图回到“文学现场”，通过对具体问题的展开、分析和推进，对一些无法理清的现象进行重新辨认和清理。这样的工作，既着重于中国新诗史的“断代”研究，同时也不失为对“观念结构”的考察，它不满足于表面结论的获得，而是希望推演到问题的深部，做更深切的掘发、重审，并有一种比较明显的推动。

陈均的研究，使读者再次回到新诗批评发生的具体情景之中，得以在许多具体的、细节性的和“当下”的氛围之中，了解不同观念的争论，它们的根据，它们所争论的侧重点是什么，而这些侧重点又反映了当时诗歌批评在寻求自己“理想诗歌”的过程中各异的文学姿态。例如，在第一章中，作者发现，批评者胡適的“自然观”并不是一成不变的，它会因时因地而出现不断的调整，“如果对比一下此前此后胡适发表的有关言论，就会发现‘自然’一词的使用在胡適文章中实际上有一个过程：在《谈新诗》一文写作之前，胡適表达他对新诗或文学的看法，较少使用‘自然’一词，到了《谈新诗》，‘自然’成了一个突出的观念”。以此反映批评者对问题的“强调”，而这种“强调”在具体语境中必定会发生问题的“倾斜”，从而使后来研究者的研究也要受到影响。但问题是，如何“看待”这种“倾斜”，进而重新“把握”“五四”一代批评者的张扬心态和批评的风气，借以在“今昔”比较中反观中国新诗之起伏不平的道路，或者说，研究新诗之“不稳定”的知识谱系。

在第三章中，作者注意到“经验”传入中国时的不同路径，它在新诗的接受、吸收、变异过程中，显然留下了不同解释者各自不同的知识痕迹和言说特点。从二十世纪二十到四十年代，鉴于新诗面临的时代问题、作者背景和域外诗潮冲击的差异，上述解释和实践呈现变化反复的“不规律”的图式：“即使同是对‘经验’的强调，梁宗岱和里尔克对‘经验’之说的理解仍有差异，里尔克在谈论‘经验’时，其立场是建立在对浪漫主义的反拨上，因此其‘经验’之说是与‘情感’之说相对的。梁宗岱在以里尔克此语批评《诗刊》时，更多强调的是经验的广泛性，以及由此带来的写作的难度。”这样的辨析，自然是细微周到的，揭示了“经验”在新诗写作实践过程中的复杂性和多变性。与此同时，它也减少了作者在完成整篇论文过程中的“风险”，使“问题”始终按照原先的设计在视野中稳步推进。

然而，从某些方面看，论文个别地方所论也有“较大”的问题，如“内容与形式”，需要在论述之前，先做一些必要的限定，做一些技术上的谨慎处理。另外，在比较相对的场域中，我们回避了简单的“判断”，使得问题的呈现更为活跃和丰富，但那样是否也会影响宏观角度的清晰度，让一些本来更应辨清的现象，处在一种人为的胶着状态？这是我们在研究中普遍感到的困难。

（陈均《中国新诗批评观念之建构》序）

保持客观的审视距离，讲述“历史化”的左翼文学

1995年，中国人民大学招收第一届“文史哲实验班”，目标是培养贯通文史哲并兼及其他学科的“通才”。人大校长和中文系系主任担任名誉班主任，命我做班主任。如此高规格的阵容，令我不免紧张，主要担心若管理不慎，会影响学校文史哲专业发展的宏大规划。系领导特别交代我，进入“实验班”的同学，是从各省重点中学文科前十名中层层遴选出来的，条件是“文智体全面发展”，全班三十五位同学，来自北京、上海等二十七个省市，可见真是“认真遴选”的结果。

四年下来（我只担任两年，后两年由另一位老师担任），其中有三四名学生读完硕士、博士，分在北京的大学教书；有四五名学生赴美国康奈尔大学、夏威夷大学和德国的大学留学，有的读到硕士，有的读到博士，但至于现在都在干什么，我一无所知。其余二十余人风流云散，分别做了记者、编辑、公务员和律师，所选职业，与学校原先设想的“学者”目标可能相去甚远。

本书作者刘震可能是我做班主任的“实验班”中，最后选择做学问的少数几个学生之一。刘震来自四川省简阳市，瘦弱、面色苍

白，出身于教师家庭，平时沉默寡言，不善交际。起初他不是班干部，也不是活跃分子，不是那种见了就眼睛一亮的学生。说老实话，很长一段时间里，我老记不住他的名字——我想这可能是所有做班主任的老师的“识人误区”吧。最抢眼、经常在你面前晃悠的学生，总是首先给你留下“好感”的。一年以后，偶尔与几个班干部聊起将来的发展，他们不约而同都提到了刘震。有的还说，我们这个班，现在最能“坐下来”的，只有刘震。这给我很深的印象。几周后，我在路上碰到他，问他是否愿念中国现当代文学专业的研究生，他的回答令我大失所望，明确表示想念“古代文学”专业。不知何因，刘震最后选择的还是现当代文学，让我做他的导师。他报考博士时，我刚刚获得博导资格（按人大规定，新博导第一年不能招生），于是推荐他考北大温儒敏老师的博士生，温老师看了他的读书札记后也希望招他。不知是什么原因，刘震最终没考北大，而选择在人大硕博连读，报考的是陈传才先生的文艺学专业，入学后又归到我的名下。以上是我与刘震的“师生简史”。在我带过的几十位博士生、硕士生中，他从本科到硕士再到博士，跟我的时间最长，可以说是真正的“老学生”了。2005年刘震博士毕业，有赖中央民族大学中文系系主任白薇教授的赏识和鼎力帮助，顺利进入该系当了老师。

本书是刘震的博士论文。我虽是学中国现代文学出身，由于起初研究当代诗歌，后来又做当代文学史研究，反而与现代文学研究比较疏离。出于不想过多“干涉”学生研究旨趣的想法，主观上希望尊重他们做研究时的选择。不过那几年，学术界风行“左翼文学研究”，我建议学生们也在这一“学术时尚”范围内考虑研究对象。另外两位学生，如孟远做的博士论文是《〈白毛女〉的生产与传播》，钱振文的博士论文是《〈红岩〉研究》。与刘震商量题目时，他更希望在他做得比较顺手的“《新青年》研究”的基础上有所扩大、延伸。但我知道，“《新青年》研究”领域已有大块文章和博士论文问世，再做，无异于“炒人剩饭”，其实得不偿失。所以仍然建议他做二十世纪三十年代左翼文学研究，经过很多次讨论，最后确定的题目是“左翼文学运动的兴起与上海新书业”。刘震做学问的“认真”，在我的学生中是“小有名气”的。他平时读书甚多，写东西很少，凡写文章不到考虑成熟，一般都不动笔。而且他做事又慢，人大规定博士三年毕业，这就与他博士论文所期待的目标相差悬殊，因为按照他最初设想，是想将尽力搜集三十年代“左翼文学”与上海“中小书局”的文献资料，考究其历史渊源，对后者在前者自我形塑过程中所参与的角色和作用，进行“穷尽式”研究的。为此，他在北图、人大图书馆等处，做了艰苦的先期资料搜集、整理、分类和归纳的工作，也阅读了大量过去、现在的同类研究成果。中间提出过多种研究思路和方案，有时候还有较大的反复。可惜“学制”所限，此“宏大愿望”未能充分伸展、扩充和经营。所以，尽管刘震写出的只是他原来设想的一个基本构架，我认为仍然不失精彩，其中有很多论述新颖、独到，可以说是丰富了左翼文学研究的成果的。

三十年代左翼文学与上海都市文化关系的研究，已经取得了一定的成果。但是，如何定义这一范围内的“革命史”，如何理解上海都市文化和出版对左翼文学的参与、渗透，仍然有许多可阐释的空间。本书试图以“上海城市空间的沿革（从‘上海县’到‘上海特别市’）”、出版业的兴起与外国影响、报刊之战中的“革命文学论争”，以及“革命小说”的风行和盗版等诸多问题为立足点，立体化地呈现和还原“左翼文学”思潮周边的“大上海”，再从“大上海”的特殊视野里重新阐释“左翼文学”兴起的独特性和复杂性。因为一杂志所约，前几年我曾写过一篇研究四十年代创办于上海的《文艺复兴》《文艺春秋》这两个刊物的论文。通过对两本刊物的“细读”，我发现“第一手材料”中的“历史”，与几十年间不断被建构的那部“文学史”中的“杂志面目”是差异甚大的。同样的问题也存在于对“五四文学”“左翼文学”的认识当中。某种意义上，我们今天所知道的“五四文学”（包括所谓“启蒙”“新文学”等），实际上是一个被八十年代文学意识形态所“规划”的“五四文学”。或者更准确地说，“五四文学”作为一个文学史概念，在八十年代的中国现代文学研究之兴起的过程中，并没有被“历史化”，而是直接从“五四”接过来，变成了一个统治现代文学学科至今的“批评化结论”。也正是因为我们学科中这个“批评化视角”的存在，导致了“左翼文学研究”在最近二十年间具有了很大的不确定性和反复性，对它的历史评价之所以会得出千差万别的结论，首先是“解释模式”的不稳定所造成的。当然，正如我最近在一篇文章中所说，所谓的“还原”“回到现场”并不像人们一厢情愿认为的具有方法论的意义，很大程度上，它们的提出都是“当下语境”所刺激和启发的结果。语境一旦变化，那么所谓“还原”就会露出“批评化”的破绽。

左翼文学研究的另一个难题是，我们所有的研究者都距离自己的“革命史”太近，或者说研究者和研究的状态实际都存在于一个已经被仪式化、因此更为隐蔽的“革命史”当中。这决定了我们在研究左翼文学时，难免会为设定怎样的“尺度”“分寸感”“方法”而苦恼。我们自以为已经回到了“现场”，这个“现场”往往只是为附和我们的研究方法而服务的，它是今天生活的镜像。众所周知，在现代文学研究中，一些人总认为前者已经被“历史化”了，它们都已经是“过去了”的事情，这种看法是一种典型的用“研究结果”遮蔽了它的“起源”的现象。中国社会尽管经过了三十年的改革开放，有了很高的经济积累和相当激进的“城市化”经验，然而，至今它都不算是一个“成熟”的“市民社会”，没有真正完成自己的历史转型。那么，怎样在一个没有完成历史转型过程的“革命化社会”中研究那种“革命化”的左翼文学，怎样保持比较客观的审视距离，同时又带着“历史的同情和理解”，更为体贴、准确地描述一个“历史化”的左翼文学，就是当前左翼文学研究所遭遇的最大的难题。因为我们可以为任何一项研究成果提出另一套“历史材料”，进而怀疑它的研究结果的可靠性。这样的例子几乎是可以随便列举的。在这个意义上，尽管刘震小心翼翼、步步为营地经营这篇博士论文，但我仍能意识到刘震在研究过程中的“问题”。

我知道，学术研究都是作为可资后来者“参照”的“成果”存在的，任何研究都不可能脱离这状态而产生。正是因为有这么多“有意味”的参照性成果，后来的研究才不至于凭空出现，它最终都要被落实在一定的历史轨迹之中。这是我对该书既有期待，又怀着欣喜的地方。

（刘震《左翼文学运动的兴起与上海新书业》序）

外国文学的译介与中国二十世纪八十年代文学

得知王德领的博士论文即将出版，我与作者一样感到高兴。德领是我到中国人民大学中文系任教后带的第二届硕士研究生。第一届硕士生是韩国学生梁元喆、德领的师姐汪海咏。硕士毕业后，德领进入久负盛名的北京十月文艺出版社工作，从普通编辑做到一个部门负责人，已有十年多。在此期间，他一边工作，一边重新回校攻读博士学位。一方面要承担繁重的编辑工作，同时还要辛苦读书，撰写博士论文，其中的艰难，唯有当事人自己最为清楚。不过，我也分享了他的写作准备和一部分思考过程。德领在研读大量材料和构思期间，有几次搭乘我的车，每次都有一个多小时。我开车回原来居住的北京西三旗附近的住宅，他则在西三旗桥下下车，再转车回到位于回龙观的家。一路上，我们多次讨论论文的有关问题，从选题到筛选材料，从论文框架到具体章节的取舍，都在谈话中有所涉及。我们的讨论，是在德领自己的初步思路上展开的，有些问题他在写作中有所吸收，有些则做了较大的调整和充实。

我们知道，作为“新时期文学”之开端的“八十年代文学”，它的生成来自各种因素、各种力量的纠结，但其中，外国文学的翻译也是一个重要部分。过去，人们的研究对此问题虽然已略有涉及，但作为一篇完整的博士论文予以揭示和深入讨论的，恐怕还是王德领的这部个人著作。然而，揭开这一历史路径，重新讨论二十世纪八十年代先锋文学之兴起的复杂原因，需要研究者花费巨大精力去搜求材料，并对这些材料进行分类研究，在进一步筛选、利用和整理的过程中，对问题进行一步步推理。与此同时，“作家创作”与“翻译”的关系，是论文写作的重中之重，也需要作者选取几位重要作家，根据不同问题来设定章节，然后分别论述。然而，由于作家个人背景、文学修养和写作风格的差异，他们对翻译文学的接受、消化和再创新，以及取得的效果往往是不同的。因此，就要细心地做出不同判断，通过比较性研究的方式，来达到撰写论文的目标。

另外，还须了解，拉美魔幻现实主义文学中的“神话模式”“家族模式”，与“五四”以来中国文学相类似的文学现象，例如巴金《家》里的文学书写，它们之间有无传承关系，是在什么意义上传承和变异的，在具体作家创作过程中大概也有不同表现。诸如此类的问题，我想都在德领对论文的准备、构思和写作过程中耗费了他大量的精力。而且在我看来，由于博士论文的篇幅所限，如果试图穷尽这些问题，一一找到满意的处理方式，显然是不现实的。这篇博士论文所花费的巨大精力，对一些重要学术问题的探讨，我想读者当能在其中找到例证，无须我多说。

德领写硕士论文时，他文字的干净、平实，叙述问题的清晰自然，都给我留下很深的印象。这种文字风格和思考问题的方式，也一一贯穿在他博士论文的写作之中。他在十月文艺出版社的工作，主要是与从事长篇小说创作的作家打交道，对当代文学有独到的观察，对作家创作本身也有许多切身体会。在我看来，从事人文学科研究的博士论文，需要长时间的生活经验、社会阅历和文字准备，所以德领把自己的本职工作与博士论文写作融为一体，这对保证他论文的顺利完成并取得良好的学术效果，显然是事半功倍的。对德领的博士论文，我还有许多感受试图抒发，不过，作为他的导师，我意识到也应该有一点点自知之明，在介绍这篇博士论文的特色之外，应持一种更为客观中性的立场，因为读者自会明辨。

（王德领《重读八十年代：兼及新世纪文学》序）

重评“十七年文学”，完成“新时期文学”的历史重建

刘洪霞博士的硕士导师，是我的朋友兼同行孟繁华教授。跟着孟教授学习三年，她打下了坚实的中国当代文学史研究的基础。刘洪霞本人也很勤奋，在中国人民大学文学院攻读博士学位的三年，她勤于读书和思考，撰写过不少有学术前瞻性的论文，并在重要学术杂志上发表。自然，刘洪霞以下的三届博士生，是我在人大文学院招生最多、力量也最集中的一批年轻研究者，他们中的一些人已取得令人瞩目的成就，受到当代文学史研究界的注意。

刘洪霞博士毕业南下深圳，在某文化中心供职，她的研究领域开始由当代文学史向更广泛的范围扩展，有过文学史研究的功底，再做文化研究，相信能够取得事半功倍的效果。单位领导对她都很爱护关心，这使我这个做老师的心生感激，得到宽慰。

“新时期文学”前一个十年，即“八十年代文学”的运动是在“历史重评”中展开和深入的。在“历史重评”的视野中，有不少题目值得研究，例如“作家重评”“文学史重写”“八十年代的思想和学术问题”等。经与刘洪霞商量，我们决定在这一视野中截取一块出来，以当时影响甚大的《作品与争鸣》等杂志为对象，题目确定

为《二十世纪七八十年代之交文学争鸣史研究》。它的焦点是如何重评“十七年文学”，如何在这种重评中建立“新时期文学”的思想观念、文学审美范畴，并在此基础上完成对“新时期文学”的“历史的重建”（此为英国著名考古学家柴尔德之语）。

当然，这里面牵涉很多麻烦的问题，例如“十七年文学”的历史评价问题，重评者之间历史经验的差异性问题，“十七年文学”与新时期文学的关系，等等。多种力量都参与了这一时期的“文学争鸣”，作为研究者的刘洪霞应该确定怎样的研究位置，她应该用什么方式，包括学术姿态与它们做历史的对话，都会成为有难度的问题。

为此，我曾与她多次讨论，包括研究方法、问题意识、材料使用以及叙述姿态等。依我的观察，刘洪霞的艺术感觉很好，很细致，她善于在问题细部发现有价值的东西，也能够在自己理解的范围内展开。参与博士论文答辩的中国社会科学院文学所的赵园研究员、中国人民大学文学院的李今教授，都有这种看法。然而，在整体把握方面，以及如何在清晰精准的逻辑中安排各章结构，理出一条红线并贯穿始终，是刘洪霞的不足。

但我意识到，让一个从未亲身经历和见证二十世纪七十到八十年代之交文学界“争鸣”的年轻人，这么快地找到适当的研究方法以及处理问题的角度，尤其是得到与研究对象比较接近的历史感，是非常困难的。刘洪霞为此花费了大量精力，带着学术韧劲，天天泡在人民大学的图书馆旧馆中查资料，思考和设计问题。她在这一过程中经受了一般人难以想象的压力、紧张和焦虑，她完成的博士论文，潜藏着作者的艰辛和努力，我想读者能够从中读出些许微妙的信息。这部完成于2008年，经过作者勤奋修改的博士论文，今天终于与读者见面，我和她的师兄师妹都会感到高兴的。

（刘洪霞《二十世纪七八十年代之交文学争鸣史研究》序）

上海的学术氛围与先锋派作家

李建周是著名诗评家陈超先生的学生，硕士毕业后留河北师大文学院任教。后来报考我的博士生，因我与陈超很早就熟悉，这样就多了一层私谊。建周来人大读博士时，诗歌研究和批评的基础扎实，也有宽阔的阅读视野。因为我与诗歌疏远多年，专治文学史，于是很多原先喜欢诗的学生，都被迫改弦易辙，跟我做起了文学史研究。

在我的博士生讨论课上，建周写过多篇有质量的学术论文，也都在重要杂志上发表，其中我印象最深的就是那篇讨论王朔的文章。由于他考证很勤，用力很深，纠正了过去对王朔的评论中的诸多误解，仍然把他还原到“先锋小说家”的位置上。然而，他又指出在上海版的“先锋小说”概念和范畴中，王朔的先锋姿态存在自身的独特性。我觉得这是近年来对王朔研究领域的一个突出贡献。

经过与建周的反复讨论商榷，后来他博士论文选定做上海与先锋文学兴起之间的关系。以前是否有人涉足这个领域我不太清楚，但至少以博士论文的规模去啃这个硬骨头，建周恐怕还是第一个。为此，他查阅了大量关于上海、上海的大学制度、学院氛围、新潮批评家圈子，以及他们与先锋小说家来往的资料，为论文的写作做了充分准备。

这篇博士论文的亮点之一，也许是把上海大学的分布情况，以及各所大学的师生关系、学术传统，包括年轻教师与先锋小说家的来往，等等，介绍得很清楚。如果有人接着做这个题目，我以为一定要参考建周的这篇博士论文，他所做的基础性研究是非常难得的。另外一个印象是，建周治学的长处，是善于在材料与批评之间找到一个平衡点，用一种近于微妙和不动声色的笔触来叙述故事原委和研究现象，虽然不一定就给出结论，但读者大概从他朴实自然的叙述中能得到某种暗示吧。

建周跟我学了三年，平时除上课和年底请学生聚餐之外，我们的接触算不上很多。他毕业回河北师大任教后，虽然北京和石家庄距离很近，高铁就两个小时，但对我们师生仍然是一重阻隔。我印象中，建周是一个内敛的人，做事和写文章都是一点一滴地进行。他与同学关系很好，也乐于助人，也常有美名传入我的耳朵。

这部著作的出版，是建周专治先锋小说的一个总结，我觉得他如果继续下去，在未来会有大的斩获。借本书出版之际，我简单写上两句，叙叙我们的师生之谊，顺便祝贺建周取得的学术成绩。

（李建周《先锋小说的兴起》序）

阐述李泽厚与中国现代文学的历史关联性

张伟栋跟我读博士生之前在哈尔滨工作，是《剃须刀》诗歌杂志圈子中的青年诗人，在诗歌界已有名气。因为我与主编、著名诗人张曙光先生很熟，进而认识了伟栋。我知道他在黑龙江大学读硕士时读的是美学专业，但从诗歌创作和美学如何进入中国当代文学史研究，我还比较担心。虽然前后跟我的博士生也曾出现过不错的青年学者，不过力量比较密集而且较为目前学界称道的博士生，主要是2006级、2007级这两届。

由于我带学生采用的不是自己讲课、学生被动听讲那种传统形式，而是选择"重返八十年代文学史"这种课堂讨论的形式，不少学生刚进来时，都很不习惯。一是要他们先查找资料，针对某位作家的一篇小说，从小说中串联出二十世纪八十年代文学发展中的相关问题；二是在课堂上用多媒体宣讲后，还要经受在座老师和同学的反复诘问。尽管这种诘问都是围绕宣讲者研究的问题，不是针对其个人的批评，但众人仍然感到没有面子，也包括我自己在内。

伟栋起初做过一位诗人的作品分析，但当时他显然还没找到自己的研究感觉。后来到做刘心武的《"5·19"长镜头》和蒋子龙的

《乔厂长上任记》这两篇作品时，他长期写诗所培养的细腻敏感，他的美学理论训练就大大显示出来了。得心应手之后，伟栋的发言在我们的课堂上开始渐渐具有分量，具有新颖性，占据了比较重要的发言地位。

据我多年带博士生的经验，招学生颇有点冒险，那种好像一开始就有研究状态的学生，我大都不太欣赏，主要觉得他们的研究路数太过熟练，从原来学校带来的痕迹很重。有些痕迹自然不错，培养了这些学生的基本学术素质，但不少成为跟我进一步做研究的障碍。我在此方面教训不少。但带伟栋这种起先专业远离中国当代文学史的学生，就得有冒险和失败的准备，这种故事，在我也不是没有。好在我运气不错，伟栋三年下来的学术研究表现可圈可点，他的同学中早有共评，无须我多说。

选择《李泽厚与现代文学史的“重写”》作为伟栋的博士论文题目，原因自然是李泽厚作为中国二十世纪八十年代学术思想领域第一人的影响力，他对那十年间的两代学者都有至深的影响和启发。中国现代文学研究在二十世纪八十年代兴起有多种历史和学术脉络，但无疑李泽厚的影响在其中起了很大乃至至今都不能忽视的作用，这不是一个秘密。考虑到伟栋是学美学出身，让他做这个题目显然比较合适。但这个题目有两个主体，一是李泽厚，伟栋可能有比较大的叙述空间；二是中国现代文学研究这方面的直接材料并不很多，尤其是将它与李泽厚建立历史关联的时候，相关材料并不是十分充足和令人信服的。怎么把这两个主体的关系建立起来，建立它们的历史关联性，是这篇博士论文最为困难，但可能也是最容易写出光彩的地方。据我观察，本书的第一、二章完全发挥了作者的学术储备和研究能力，第四章的某些部分也有不少新见，值得注意。如果我们仔细阅读前两章，就知道了李泽厚为什么值得并至今仍受到人们的尊重，他对中国近现代思想史的深刻洞见，似乎已经在伟栋的观察和与他的对话中展现。

论文外审结束后，有北师大和南京大学的两位教授分别致电我，猜想是我的学生的论文，而且给予了很高的评价。作为伟栋的导师，我自然分享了他的成绩和学界的好评，也为他的努力由衷地感到高兴。然而，李泽厚的思想究竟怎样进入中国现代文学史研究之兴起的历史过程，影响了那些人对中国现代文学的重建，以至作为某种贯穿性的基础思想成为中国现代文学史研究的基本认知结构的，这也对作者提出了很大的挑战。我清楚地知道，无论最早的设计，材料的查找、准备和筛选，问题的思考及其充分的深化，都让作者颇费心力，也花费了大量时间。这本著作在我看来，无疑是一项开拓性的研究成果，它的学术价值已经分布在作者的分析和叙述当中，我想有眼力的读者应该能够觉察到。作为这本著作的第一位读者，我只能把情况大致报告一下，作为读者阅读它的一个进路。

此为序。

（张伟栋《李泽厚与现代文学史的“重写”》序）

回到学术传统当中，做朴实扎实的学问

2009年夏，我与北大中文系的陈晓明老师一起受聘于新疆石河子大学文艺学院，认识了在该院中文系任教的张书群。之后书群北来人大文学院跟我读博士学位，这样就更熟悉了。书群原籍河南，硕士导师是郑州大学的樊洛平老师，专治台港文学，所以复试问到黄春明等作家的创作时，他应答如流，可以说是如数家珍。三年读博期间，书群的勤奋在同学中是人所共知的，人缘一直不错。我与书群师徒三年，关系也一直非常融洽。2012年，我约哈佛大学东亚系的王德威老师来人大讲演，让书群去北大博雅饭店接他。讲演原定上午九时开始，我七时就到人大做准备，在校内世纪体育馆碰上急匆匆去北大迎候王教授的书群，走路的样子非常着急，书群为人的厚道由此可见一斑。

书群读书肯下苦功，他经常泡在人大图书馆中，似乎对窗外俗世不感兴趣。也因为这种勤苦，他在学业上收获很大，曾在《文艺争鸣》《小说评论》等有影响的学术杂志刊登文章，尤其是《最早的〈莫言研究资料〉校读札记》一文发表后，得到了山东大学文学院贺立华老师的认可，被认为是学风严谨扎实的考证文章。书群在我主持的博士生讨论课上发表了多篇讨论论文，其中，关于二十世纪七十年代手抄本小说《一只绣花鞋》的研究文章，获得大家一致好评。我个人认为这是七十年代手抄本小说研究领域的一项资料丰富和有新意的成果，曾经推荐给多人阅读。鉴于书群做资料认真扎实，在与他商定博士论文题目时，我选择了研究莫言作品经典化过程这个课题，想从最基本的文献入手，观察这位作家从作品发表、文学批评到与杂志互动等具体的情况，再从中捋出过去莫言研究不曾注意的问题，一一加以研究。

理论并不是书群的强项，然而资料搜集整理和筛选，却一直是他最擅长的治学功底。他对自己论文的宗旨有清醒的认识："在三十多年的创作生涯中，莫言逐渐从一个名不见经传的作者成为一个具有经典性意义的作家，既跟莫言的创作天赋、不懈耕耘有着密不可分的联系，也跟期刊、选刊、选本和研究界的推介、社会的转型、文学经典评定标准的变动以及文学思潮的演变、文学史的定位紧密相连。本论文拟以莫言的创作历程为主要观照对象、以'经典化'理论为支撑，以相关史料的搜集、整理为基础，具体分析莫言文学经典地位形成历程中的各种复杂因素。"抓住这个宗旨，他运用材料，组织观点，谋篇布局始终围绕它而展开。应该说，这是国内第一部从实证研究角度研究莫言创作经典化问题的博士论文。它的学术价值，自有读者的公正评价。

这篇博士学位论文对莫言长篇小说版次变化的考证可谓是详尽至极，我想以后如果有人从事这方面的研究，恐怕难以绕开书群这方面的学术积累。一般的当代文学史研究比较注重思想问题，如作家创作与时代风潮之间关系的考察，很少这样回到中国传统学术的轨道，一点一滴地从具体材料中发现问题，提出自己的看法。从书群的博士论文开始，我有意识地引导博士生回到学术传统当中，做朴实扎实的学问，一个问题一个问题地研究，题目也越做越小，这种研究的效果到底如何，有待时间的检验。我想经过仔细朴实的学术训练和在图书馆长期寂寞的资料文献搜集整理与研究的过程，书群以后的治学之路，一定会是扎实和可以期待的。书群毕业以后，由于远隔天涯，我们见面的机会日渐稀少，但往日的情形依然如旧。好在我们是学术同行，以后合作交流的机会还会很多。

（张书群《莫言创作的经典化问题研究》序）

什么是学术研究的正道?

2005年，我去郑州大学文学院参加硕士生的毕业论文答辩，魏华莹是其中的一个学生。她本科也在这所大学就读。2011年，已在郑州某专业性大专院校教书几年的她，决定通过个人奋斗来换一个环境。华莹硕士的业师，恰好是我大学时代最要好的朋友吕伟民教授，他在郑州大学从事比较文学与世界文学的研究。华莹跟我读书，好像是我与伟民教授之间的时光传递，一种深厚的友情传递。对伟民和我来说，正好可以更加频繁地互通音讯。魏华莹毕业那年，我特别邀请这位老友北上，来北京参加她的论文答辩。记得那天答辩结束后，我干脆住到中国人民大学对面的燕山酒店去，即伟民下榻的那家酒店，与他彻夜长谈。话题从我们当年在大学读书的点点滴滴，到相互认识的同学近年的变故，以及社会上的林林总总，都有所涉及。往事历历，包括曾经忘却了的细节，也都一一浮现眼前。对五十多岁的人来说，彻夜长谈是我们毕业分开三十多年中，从未有过的，想必以后也很少会再经历吧，真有一种亦真亦幻、如在梦中的感觉。

郑州大学现在地处这座城市的西郊。记得大学二三年级时，我回家途经郑州，住到了伟民家里。他父母对我非常热情，还有姐姐弟弟，可能事先已知道我们是最要好的同学。那两天，除在附近闲逛一下，最主要的节目，是我们骑车去路途遥远的西郊西琉湖游泳。当时交通条件不同于今天，从他家所在的东郊，朝方向正好相反的西郊远途骑车，得花费一两个小时。当时我们是真年轻，一路放歌，一路追逐，比赛谁蹬车更快，估计两边的路人颇感惊讶，也不知这两个疯狂的年轻人要干什么。2005年华莹的硕士答辩是在郑大城里的老校园，几年后我再去给研究生做讲座，不光时间空间都已变化，连学校也整体搬迁到了当年的西郊西琉湖附近。不同在于，当年伟民骑车与我同游此地，他后来去新校区上课，却是开车走郑州的外环高速，人是物非，连交通工具都超越了几乎一个时代。

华莹进人大攻读博士学位后，心知自己原先读的是比较文学专业，年龄也比师妹略大两岁，所以非常勤奋。我并没有催她，只是让她慢慢补上现当代文学的专业课，另外，就是去图书馆摸摸相关的材料，算是为进门做点散乱的准备吧。我在很多处都写过，我的博士生课堂，实际是一个专业性比较强、话题具体细致的讨论课，换一种说法，就是老师和博士生都要拿出文章来，大家在课堂上一边比试一边从事研究。对华莹这个刚入门的学生来说，自然是件很辛苦的工作。她果然不负众望，后来不仅出手很快，文章比一般人写得多，质量更是一篇比一篇高，比如研究《废都》批判的论文，考察二十世纪九十年代“顾准热”前后文化兴衰的文章，再比如分析“二王之争”的代际差异，以及与此相关，还需要进一步追问探讨的知识分子命运与九十年代大众文化兴起之间的复杂纠缠等问题。由于华莹的史料文献充足，脉络清晰，注意把问题铺在将这些材料再做筛选、过滤然后进行的细密叙述当中，所以她得出的结论，往往都得到大家的认同。久而久之，善于做材料，换句话说，擅长从事文学史的实证研究的印象，即在我这里建立了。读博三年，她在《文艺研究》和《文艺争鸣》这种声誉颇好的杂志上都发表多篇文章，尤其是考证《王安忆研究资料》史料不确并予以纠正的文章，都给人越走越远的感觉。我听说该研究资料的编选者之一特别给她写信，感谢她这篇考证文章的勤恳和认真。

可能是以上原因，毕业前一年，华莹找我商量她的博士论文题目时，我就想到了《〈废都〉与西安》这个范畴。我们意识到，选择这个题目，不是用文学批评的方式来处理这部长篇小说，而是要绕开迄今没有得到正式“平反”的“《废都》批判风波”，绕开是是非非也包括许多没有沉淀下来的争论，在缺乏共识的前提下，用自己的方式去理解和进入它的内部世界。这种视角被称为“文学社会学”的方法，但实际上，过于明显的意图，也可能带来相反的效果，比如压抑了论述中的作品细读部分，让研究对象纯粹变成社会学理论的附庸，等等。这些忧虑也都在与华莹讨论的过程之中一一涉及，令人感到研究本身的难度。为做资料准备，华莹利用一个暑假，专程去西安待了半个多月。先是我介绍她认识西北大学中文系的周老师，由她介绍再结识贾平凹在西安的文人交际圈子，后来我看到华莹的文章，才知道费炳勋教授也热情做向导，为她做相关的口述史资料大开方便之门。那段时间，华莹又拿出在人大勤于耕耘史料文献的功夫和辛苦，一遍遍走访有关人士，还乘机采访了百事缠身的贾平凹先生本人。据说收获很大。等她从西安回来，开学复课再与我讨论各章各节的安排时，显然是成竹在胸了，至少关于怎么建立西安这座古城与《废都》的历史勾连，恢复这部长篇小说创作前后的原生态环境，已经比较有底。对华莹这部花费一年多时间的博士论文，我想读者都有权做出评论，不再赘述。它对贾平凹文学世界研究的深入，对过去一般人鲜有涉及的大量创作内部情况的揭示，这座古城对作家的文化文学教养，以及它们之间是怎么发生隐秘的互动并凸现极大的历史张力的，识者应能明鉴。

华莹在写作博士论文前后，一直与《废都》初版本责编、著名编辑田颖珍先生保持联系，静心等待，锲而不舍。因事情复杂，牵涉面很广，田先生起初对她的访谈持拒绝或语焉不详的态度。好在华莹诚心在此，又抱着年轻学者奋力治学的热情，我想这是最后打动了田颖珍先生的理由之一吧，最终访谈成功。这篇访谈有幸得到《文艺争鸣》主编王双龙先生和编辑张涛先生的支持认可，发在该刊上，意料当中获得了学界的广泛好评。一位从事现代文学研究的著名学者告诉她的学生，在读这篇访谈之前，对《废都》这部长篇是有不好的印象的，读后始改变了看法。这应该是华莹的功劳，也是田颖珍先生慷慨支持和理解的结果。在我眼里，华莹俨然已是贾平凹研究领域一个不可忽视的年轻学者。她以《废都》为研究对象，可能还会以贾平凹的研究作为自己的立足点，是学术研究最正的路子。集中在一两个作家身上，经年历久地做长期探讨和研究，远比跑马式地写文章效果要好，也最能锻炼作者，培养他们的学术耐力。

通过这部著作的出版，我已看到了魏华莹研究工作的一线曙光。恍惚间也看到她将要继续走的长途。希望她把握机会，奋力前行，取得更可观的成绩。

（魏华莹《〈废都〉的寓言——“双城”故事与文学考证》序）

当代学人剪影

写给恩师陆耀东先生

从1992年算起，我拜陆耀东先生为业师已有十六个年头。而我最初读他研究徐志摩的文章，应该是1979年上大二的时候，这么算来，我从读他的著述并受其影响已整整三十年。

陆先生是李何林、唐弢和王瑶之后，中国现代文学研究的第二代奠基者之一。二十世纪七八十年代之交，百废待兴，文化建设正在复苏之中。而中国现代文学学科经历了长时期的厄运之后，正在由国内一批杰出学者打牢地基，开始初步的建设。陆先生的中国新诗研究，就是本学科最初也是最重要的成果之一。我之所以三十年后仍然对他的徐志摩研究有极深的印象，原因是徐氏乃是正统的中国现代文学史中的“非主流作家”，他的很多作品被目为“禁区”，而他对美、自由的理解早已被历史遗忘。所以，当我作为大二学生，懵懵懂懂地希望了解“文学史原貌”的时候，陆先生的文学研究激情、审美敏锐力和对作品的细读，无疑在我心目中“再造”了一个全新的徐志摩。我想我们那代人中的很多人，都在这些文章中受到了最初的文学教育。

陆先生对新诗研究的另一重要贡献，恐怕是他研究闻一多的系列文章。他对闻一多“爱国诗歌”历史内涵的深刻剖析，对诗人“三美理论”的意义阐释，尤其是对其作品“诗美”的品味鉴赏，虽时隔二十余年，仍有常读常新的感受。许多后来者的闻一多研究，显然都汲取了这种开创性的研究成果。今天，如果单纯从“文学性”上谈论上述研究的意义，也许并无大惊小怪之处。然而回到三十年前的历史语境，尤其是当很多作家还被“禁区”锁住，“艺术批评”“美的鉴赏”“作品细读”还都是被否定的对象的时候，这些石破天惊的研究勇气和锐利眼光，就具有了“超越历史”的意义。我们再把它们纳入“学术史”的框架之中，那么它们作为一座“考古学”的“旧址”，实在有极大的一次次“重访”的价值。

默然观察，陆先生的学术研究对我的启发主要有两点：一是他勇于开拓“研究新领域”的胆识和眼光。我觉得大学者、一流学者与人不同之处就在于，他们能在历史转折期敏感捕捉到具有前瞻性的研究对象，建立研究规范，进行示范性探讨，并确立研究对象在整个文学史研究中的“独特性”意义。关于徐、闻的研究就是如此。这种研究在中国现代文学史中的奠基意义显而易见。二是一丝不苟的治学态度。我数十年来读陆先生的文章，最深的印象就是他对文字的讲究，一字一句都恰到好处，引文出处、叙述评点无不严丝合缝，多少年后你都找不出一点瑕疵。而这类问题，在我们这代人中，尤其是在成批生产的研究生论文中，恐怕是难看的例子很多。记得几年前陆先生的《中国新诗史》第一卷在北京举行首发式时，严家炎先生有一个评价。他说，新诗研究你们看陆耀东先生、孙玉石先生的文章，所有的“注释”都可以放心地引用，因为它们是最靠得住的。这种评价，可以说是现代文学研究“圈子”中人们的一种普遍“共识”。

当然，陆耀东先生一生最为重要的划时代之作，应该是他百万言之巨、正在陆续问世的三卷本《中国新诗史》。我们知道，在新诗史研究领域，诗人、流派、现象和创作风格等专项研究已有众多成果，但迄今未有“全本”意义上的中国新诗史著作。大家已经非常熟悉陆先生近三十年来在资料搜集、校勘方面所做的堪称艰巨的工作，这包括师母谢韵梅先生和其女儿为此付出的巨大努力，我就不再多说。据陆先生说，截至1949年，能够知道的新诗集有一千五百多部，而他本人就收藏了八百多部，许多不易复印的诗集只能采取阅读和记录的方式纳入视野。另外，散布在各种期刊杂志上的组诗和单篇作品更是不计其数。为掌握最为详尽的作品和资料，陆先生广为搜求，数十年如一日；为了尽量了解诗人和批评家创作过程中的详细情况，也是大量搜集和整理各种资料。这种难以想象的艰巨工作，不要说对一位老先生，即使对处于青壮年时期的研究者，其中困难也是无法想象的。从已经出版的第一卷看，《新诗史》眼光宏阔、结构雄伟，它的资料非常丰富和详尽，论述和评析也要言不烦、简洁深刻。很多叙述，道别人所未道，丰富而婉转，达到了立意精湛、涵蕴深远的境界。很多文字可以作为我们专业的范文来读。我们知道，“中国新诗三十年”对二十世纪二十年代诗人的研究比较充分，如郭沫若、徐志摩、闻一多以及各个流派。三十年代的诗人前期和后期有所不同，前期有诗艺精致化的倾向，而后期一方面与战争年代联系较紧，与此同时，以“校园诗歌”为主体的后期象征派创作也在逐步兴起。四十年代则主要以两个诗派为代表，但由于过去研究不够，或因历史原因存在各种分歧，四十年代的诗歌仍有较大的挖掘、深入探讨的空间。三十年来，陆先生已有与三四十年代诗歌相关的论文问世，很多分量很重的论文已对这些年代的诗歌现象、诗人创作和艺术风格做了非常深入的研究。我想它们的历史架构，早在老师心中酝酿、深思多年，那一幅气势恢宏的文学画卷，恐怕已经在陆先生的精神世界中绘就了吧。

作为陆耀东先生的学生，平生最感惭愧的就是虽知他用力甚勤，做学问一丝不苟，以至到了对自己近于苛刻的地步，但一到自己的研究，就常有苟且心理。学术虽应承传，一代一代赓续，然而社会风潮的干扰、诱惑，也使这种承传的质量大受影响。我写这篇短文，表达对老师的敬意和感戴之情，同时借以反省自己，在对往事的追忆回顾中汲取激励自己的力量。

谢冕先生对我的影响

1980年5月，谢冕教授在《光明日报》发表《在新的崛起面前》一文，因此成为中国新诗的领军人物和新时期文学开风气之先的人物之一。他对我乃至我们这代人的深刻影响由此开始。

那时，我是河南大学中文系的大三学生，正与几位同学组织"春之声诗社"，狂热地写诗。我已在甘肃的《飞天》和河南的《奔流》等文学杂志发表组诗，是在《飞天》"大学生诗苑"发表作品最早的大学生之一，与我同时在栏目上刊登作品的，有同为1977级大学生后来成为当代重要诗人的于坚、王小妮、叶延滨、徐敬亚、王家新等人。我一时还被目为"大学生校园诗人"，河南省内"有名"的青年诗人，可惜以后放弃写作，未能进入于坚等人的荣誉行列。这本来是我年轻时最大的理想。因此，我对谢冕先生大胆为朦胧诗等新的创作现象辩护，与保守派论争等举动颇为关注，他的每一篇文章我都会读，而且与同学热烈讨论，这些成为天天的功课。当时有小道消息说，谢老师因支持朦胧诗被北大停课，我们都很震动，真想跑到北京去声援他。应该说，1980年我就认识谢冕先生了，可能他对在几百里之外读书的一个普通大学生所做的一切一无所知。

我想，谢冕先生对我早年的影响，第一，是树立了"人"的观念，他在许多诗歌评论中都强调了这一点。可以说，对人的尊重，对人的爱的权利的尊重，谢冕先生的这些基本理念，对我后来从事诗歌评论影响甚大，确定了我基本的思想轨道。谢老师的这种影响，并不是对我一个人的，同时也包括了我们这代人。今年上半年，我在北京见到一位多年未见的同学和诗友，他在美国生活了二十多年，在那里经商，已经不再写诗。但谈起年轻时的岁月，仍然不约而同地会说到谢老师，可见当时他的影响之深。第二，谢老师告诉我们，诗歌是“文学”，而不是政治的附庸。谢老师那时候评论北岛、舒婷等诗人的文章，都用美文一样的风格，分析他们作品的诗意和美感，用充满感情的笔触来感染读者。他的文章尽管不是学理化的，但都是感人至深的，是美文式的，是渲染性的，在当时，热切追求新知、探索真理和艺术美感的大学生，最喜欢的大概就是这种风格的批评文章了。现在回忆起来，二十世纪八十年代真是一个充满浪漫和理想色彩的年代，是一个所有人都会流露真实性情、张扬个性，对新鲜思潮和事物充满好奇心的年代。在这种年代能遇到谢冕先生这样的舆论人物，读到他声情并茂的激越文章，今天看来，真令人不可思议。不过现在想起来，谢老师当时已经四十八岁，算是中年人了，可他的心态和锐气丝毫不逊于青年。从1980年到今天已经整整三十二年，就我最近二十年接触的谢老师的印象，他这种非常健康、明朗和向上的精神心态以及文章风格一直未变。这是我接下来要讲的另一个问题。

1991年底，或1992年初，我曾经给谢冕先生写信，希望报考他的博士研究生。这是我平生与谢老师第一次通信。他回信给予鼓励，但表示已有孟繁华、唐晓渡等人报考，大家一起公平竞争。几经考虑，我转而报考了武汉大学陆耀东教授的博士生，于是又请谢冕先生写推荐信。未想，谢老师的推荐信半途被邮局丢失。因快到报考截止时间，我冒昧写信请谢老师再写一封，完全没想到他以加快方式寄来一份推荐信，而且信中给了我很高也有点过誉的评价，以至陆耀东先生看到推荐信，用半信半疑的眼光看着我——但我觉得，陆老师心里还是很高兴的——一方面是谢冕先生给我的加分，另一方面他也相信谢老师的评价虽然过誉，但不至于是纯属虚构。

刚才说到谢冕先生的心态，主要是指他的激情和年轻的一面，其实对于我们这些晚辈，他还有非常豁达、宽容和包容的一面。他不仅对年轻学人热情提携，而且非常大度，并不因为后者的“崛起”而产生丝毫嫉妒心理。这一点给了我非常深刻的印象。我想最近二三十年，像我这样与谢冕先生有个人交往的后辈学人，大概都会认同我的这种看法。谢老师这种在同龄前辈学人中罕见的高迈自信的姿态，恐怕是我们这辈人都要学习的榜样。新世纪的某年，我在北京平谷参加一个研讨会，与谢冕先生的同班同学孙绍振教授住在一个房间。孙老师与我闲聊时，说到谢冕先生的为人，有这样的评价：第一，他是几十年都不在私下里议论别人好坏的一个人；第二，即使在单位受到委屈，也从未听到他有过任何的抱怨。对孙老师的评价，平心而论，我当时有点吃惊，因为这种事说起来容易，但做起来很难，尤其是几十年如一日都是如此更为不易。如果没有2006年与谢冕先生一起去北欧四国访问的同行经历，说老实话，我对孙老师“近于完美”的评价，也会半信半疑。

在瑞典，旅行社偶尔失误，导致国内某航空公司驻北欧办事处在补办谢老师的机票和护照的过程中让他备受办事人员的刁难。我因陪同谢老师到两个单位办事，当时感到主办单位实在无礼，一时激愤，竟与他们发生争执。然而，作为当事人的谢老师，自始至终表现得非常冷静，而且有绅士风度。事情过去这些年，我之所以对当时的情形历历在目，难以忘却，并不是因为这件事本身，而是谢老师在事关自己的大事面前不失风度的隐忍和宽阔的心态。这件事与孙老师的评价对照起来，我才相信谢老师的个人修养和风度确实是少见。没有几十年的修炼功夫，没有对人生大彻大悟的洞察力，没有特殊的自我克制力，这种看似小事、实为大事的事情，怎么可以理喻？我从中想到的是，克己才能对别人宽容，仅仅表示宽容而没有克己功夫，这样的宽容实际上是表面的，不能长久的。

值谢冕先生八十大寿之际，我写这些闲散的文字，一是追忆自己与谢老师交往的点点滴滴，二是为了表达对他的敬意。谢冕先生身上所表现的长者之风、宽容大度和非凡克己的心态，是我最敬仰和心仪的地方。

在《文学评论》发表第一篇文章

1983年6月，我因父亲生病住院，放弃某省省会的机关工作，调到父亲那所大学的中文系当助教。我当时热衷于写诗，已在《诗刊》《人民文学》发表诗作，俨然是一个小有名气的青年诗人。我那时以为，写诗比做学问更有才华，这种观念影响了身边的学生，也阻碍了自己尽早在大学里潜心治学的状态。直到1984年底，我看到《文学评论》上发表某著名诗歌批评家写的一篇文章，心里不以为然，于是产生了写篇与之商榷的文章的念头。

这样，我到学校图书馆查资料，看相关理论书，为这篇商榷文章做各种准备。到1985年夏秋之间，文章在图书馆写好，因为没有电脑，是钢笔写在格子稿纸上面的，八九千字。因为要与《文学评论》上的文章商榷，文章自然就投寄给这家杂志。之后有好几个月音讯全无。

我倒没有着急，或许也渐渐忘记了。对一个尚未真正进入学术研究殿堂的青年教师来说，《文学评论》在二十世纪八十年代是至高无上的，享有极高的学术声誉。所以，私下里也自觉是一时孟浪，没有特别放在心上，也便没有“着急”之嫌。大约这年年底，我正准备办理调动工作手续，有一日，忽然收到《文学评论》编辑王信先生的来信，说是文章已“留用”，却没有说什么时候发表。等到我调到湖北省的另一所大学，生活工作逐渐稳定下来后，我才给王信先生写信，告知单位地址等情况。

我们这一代人经常说二十世纪八十年代是“黄金年代”，一部分原因是当时大学和社会上的学术氛围比较好。一是在大学里，只要各级评委觉得你的水平达到副教授、教授的要求，便会通过，偶尔还会破格。二是没有“核心期刊”这种高门槛。不仅是我自己，恐怕全国学界对《文学评论》的好印象，都与刘再复和何西来两位先生那时执编这家杂志有关系吧。王信先生就是该刊负责中国现当代文学稿件的一位资深编辑。说起来不可思议，在投稿《文评》之前，我不知道有王信先生这个人，也没有想到竟是这么一个与我素昧平生的先生给我回信，告知文章留用情况。

令人宽慰的是，我从1986年第4期在《文学评论》上发表第一篇比较正式的学术研究文章，直到今天，每一篇文章都是自己投寄，从来没有经过别人的“介绍”“推荐”而发表的。对我来说，不是我有什么特别本事，只是有王信先生这种难得的好编辑。没有他的抬举，也许我还需要很长时间，才会走上学术研究的道路。所以，称王信先生是我治学道路上的“第一个老师”，不算是过誉之词。

九年之后我到中国人民大学中文系任教，有几年曾有去《文学评论》编辑部当面感谢王信先生的冲动。但又想，也许王先生做过很多善举，早把这件事忘到九霄云外去了，假如贸然拜访，会不免唐突。又过了十几年，2008年或2009年，我在中国现代文学馆参加全体编委会，巧遇时任《中国现代文学研究丛刊》“顾问”王信先生。我趋前向老先生问好，说起二十多年前那件旧事，借此感谢他的栽培。只见王先生表情淡然，好像不曾发生过什么一样。因为居京日久，早有王信先生高风亮节的美誉在耳，所以对眼前一幕，也不感到失望，反而觉得温馨、释然、坦荡。

这件事在我心中存着，放了三十二年，没有《文学评论》这次约稿，大概会永远存放在我心底，也未可知。

记张书绅老师

1980年前后，我给甘肃《飞天》杂志寄去的几首短诗，经编辑张书绅先生之手发表了。那时，中国刚刚走过文学荒芜的岁月，能在西北一家文学杂志发表作品，对我们这代人来说，也是莫大的荣幸。

当时的诗歌、小说对于我们来说，无疑就是阳光、空气和美。我当时正读大二，张老师的厚爱和提携，就这样帮助我走上了文学的道路。我文学道路的起点是诗，尽管后来我不再写诗和研究诗，张先生主持的《飞天》的《大学生诗苑》，应该就是我文学的起点。

奇怪在于，直至张先生故世，我都未与他谋面。说起来，后来我在《诗刊》《人民文学》等杂志上发表诗歌和诗论文章，虽然得到王燕生、韩作荣和朱先树等先生的指教帮助，但我与他们的关系仍然是很平淡的，即使在北京一所大学任教后的这几十年，都依然如此。可惜王燕生、韩作荣两位先生已经故去，就像张先生已故去一样，我心中的二十世纪八十年代就这么成为一道遥远的风景。

我写这篇短文，就是要纪念曾经帮助过我的这几位老师，尤其是从未谋面的张书绅先生。无比珍贵的感激是埋在心底的，不到万不得已，是不会拿出来示人的。正因为珍贵，我才愿意写一篇小小的文章。只有惜墨如金的小文章，才能寄托我对张先生的哀思怀念。

吴思敬先生印象

1980年，我在读大学三年级时，就为谢冕、孙绍振、吴思敬和刘登翰等先生青春激越的文字所吸引，那时，他们都是朦胧诗歌的坚决维护者，正在《诗刊》《文艺报》等报刊上与朦胧诗的反对者辩论。1993年，我在北京第一次见到吴老师本人。在下午阳光的照耀下，坐在芳草地家中的他温文尔雅、谈吐平静自然，与我在报刊上想象的样子十分不同。在《孙绍振访谈录》中，孙老师也忆及在1983年，在很多诗人和批评家遭到不公正批判时，吴老师曾勇敢地到《诗刊》杂志社当面抗议的情形，这就更令我这个晚辈对他充满敬意了。

他二十世纪八十年代出版的《心理诗学》，是我看到的国内最早一批从心理学和接受美学角度研究诗歌现象的著作。正像蒋登科老师在一篇文章中所说，该著作为批评和研究新诗“提供了一种方法”。那时，心理美学正在国内学界兴盛，但极少有人从这个角度解释分析诗歌创作，而我当时正热衷诗歌创作，吴老师的著作显然成为我理解诗歌的引导者。因此，虽然时隔多年，我对此书的印象很深，至今书架上还存放着当年购买的那个版本。在我看来，吴老师是最近三十年来最贴着诗人和作品从事研究的著名批评家。他对诗人，尤其是刚刚出道的年轻诗人充满了爱心和关切，对他们的每一步成长都期待殷殷，犹如一位母亲看着孩子在渐渐长大。平心而论，这种对诗歌事业的热爱和责任感，在我们这代人身上委实不多。我读过吴老师写作的大部分文字，他对诗人创作甚至是幼稚阶段作品的宽容，也使我经常惊讶。在诗歌界，只有如此宽厚的批评家，才会发现和推出一批批的年轻诗人，而且吴老师个人的这种风范，在他许多学生的身上也在默默延续。这是我大感钦佩的。

吴老师的诗歌研究和批评，是理性与感性的精妙结合。他是学文艺学出身的学者，有深厚的理论素养和理论的自制，善于从理论原点或框架中找到诗人的位置，同时能轻易在纷纭复杂的创作现象中理出来龙去脉，并加以清晰评析。但与此同时，吴老师的为人和为文也充溢诗人气质。我每见他参加作品研讨会，都以激情的姿态和语气在那里发言，有时候可能是犀利的，有时则宽容婉转，但是他的激情也就在这一过程中参与了诗人的创作，介入作品文本之中。他对作品，尤其是对细部的感知，往往能给我启发。他对作品旋律和意蕴的敏感，常常令我觉得他根本不是已经七十岁的老者，而像是一个刚刚涉足诗坛的青年。因此在我看来，吴老师的诗歌批评，是一种理论兼诗化的文学批评，是最容易抓住读者并与之展开心灵交流的美文式的文学批评。

最近二十年，吴老师对诗歌最显著的贡献，恐怕是主编《诗探索》和在首都师大文学院培养大批优秀的诗歌研究者和青年批评家了。《诗探索》从二十世纪八十年代初创办至今，已经走过了三十年的风风雨雨，资金困难，环境掣肘，人事复杂，甚至可以写一部关于这个杂志的“小史”。我曾经有幸参加过一些编委会，聆听过吴老师叙述他们如何到处筹措资金，如何艰难支撑该刊不致倒闭的逸闻趣事。在性格急躁的我这里，这种生活简直无法承受，所以愈加体会到办刊人的不易。《诗探索》伴随着新诗最近三十年的脚步一直走到今天，不仅影响了一大批爱诗者和研究者，也为当代诗歌史留下了一座活生生的诗歌博物馆。近年来，随着谢冕、孙玉石、洪子诚等诗界三巨头的退休，培育诗歌研究者的中心开始由北大转向首都师大，这是众目共睹的事实。在吴思敬、王光明教授的领衔下，许多充满活力和睿智的青年研究者从这座大学里脱颖而出。最初几年，他们主要做诗歌观念研究，偏于宏观模式。到了晚近，越来越走向了具体和实证研究领域。研究范围不光是当代诗歌，还深入现代诗歌的许多领域。我每次应吴老师和光明老师之邀参加首都师大博士论文的开题、预答辩和正式答辩，都受益良多，尤其体会到两位教授对学术的严谨，对弟子的爱心。在我看来，这种风气逐渐浸染，已经积淀为首都师大中国新诗研究团队的治学精神，我相信它深深影响了从这里走出去的每一个年轻的研究者。

当然，我在此文中最想说的是，吴老师为人的厚道、圆融和随和，一直是我心里最为敬仰的学人风范。我认识吴老师二十年，每次见面，每次会议，甚至是非常私人化的场景，他对人对事总是彬彬有礼，认真负责，从不怠慢，也从不因对方地位和身份的高低而发生任何变化。一个人几十年天天如此，非一般的毅力和修养所能展现。在中国当代文学研究会，吴老师一直是我的直接领导。这些年来，每逢参加在京当代文学研究会的常务理事会，总见他与白烨先生一起，操持研究会的工作，布置来年研究会的研究计划和任务。每件事都事必躬亲，尽量做到周到细致，人人没有意见。我心中明白，这些事情虽然平凡，但日积月累，足见一个学界长者的为人之道。在吴老师七十大寿的特殊日子里，我谨以这篇小文表达一位后学对学界前辈的一点敬意。

钱文亮教授

读者即将看到的，是钱文亮教授近年来诗歌研究论文的一个结集，反映着他对当代诗歌创作的主要看法。我与文亮相识于1983年。当时我调到一所大学中文系任教，除上课，还担任文亮所在81级的辅导员。这个班的学生思想活跃，自理能力强，所以我也乐得进行宽松式管理，说得直白一点，就是不管，基本由学生自治。系里主管学生工作的领导心里肯定不满，但又因为该班各项考核一向优异，便也不说什么。1981、1982级学生中有几个爱诗者，我当时还没从诗歌创作中退烧，便乐得为人师，没想到我弃诗已十多年，而文亮依然执着地在写各种诗歌研究的文章。

文亮性向沉静，与1981级班风的热闹激越似乎截然不同。不过，他内心也有激情，只是多表现在谈诗和写诗的过程之中罢了。他上一届有个叫朱根亮的同学，新乡土诗创作已有心得，还在《星星》上发过组诗，似乎已成为该校诗歌界的领袖人物，文亮则默默紧跟其后，不慌不忙，一边写，一边读书。很多年后，那个才子恐怕早已不再碰诗、写诗，而文亮已走得很远很远。此一小例，足见文亮个人的性情秉质，他的耐心给我留下很深的印象。

这本论文集，有很多文章值得一读，《伦理与诗歌伦理》这篇发表在《新诗评论》上的文章，就是一篇相当冷静，至少在我看来是当时非常少见而且能够深入剖析诗歌创作情势的论文。文亮由诗人逐步转向冷静客观的诗歌研究者，这中间大概有一个复杂曲折的过程，当然也与他进入北大念博士后心态和知识结构的变化有关。

好在读者有自己的鉴别力，无须我在这里多说。且为短序。

（《钱文亮论文集》序）

认识梁鸿

几年前，在北京一次朋友聚会上，我认识了梁鸿。知道她跟随北京师范大学著名鲁迅研究专家王富仁先生读的博士，毕业后分到中国青年政治学院中文系任教。有两三年的时间，梁鸿一直想到人民大学跟我做博士后，但因学校设置的条件受阻。今年，她终于跨过这道门槛，成为与我合作的博士后人员。

在北京师范大学期间，梁鸿做的博士论文是研究当代的河南作家。之后，她逐渐成为著名小说家阎连科的研究专家，写了大量评论性和研究性的文章，这为我们深入了解这位作家提供了不少方便。最近一些年来，她的评论领域日益扩大，从作家作品到文学现象，文风越来越尖锐鲜活，对问题的看法也越来越深入，成为被很多作家认可的引人瞩目的批评界新秀。我对文学批评向来不太关心，杂志到手，也就是翻翻几位熟悉朋友的文章，很多还没有读完。当然，我也在一些文章中谈到，做文学史研究，一定是要把批评家的看法作为重要参考的，没有他们对重要作家和作品的认定，后续性的文学史研究肯定会麻烦不少。

梁鸿的文学批评，有自己对作家创作的看法，她对一些作品的感觉尤其细致、敏锐，其中不少见解我都比较认可。不过，我也曾劝她不要一味说作家的好话，太惯作家，应该有好说好，有坏说坏，做到知人论世，使我们这些还没有读作品的人，看了批评文章就能知道作品的好坏。在这一点上，二十世纪三四十年代的李长之、李健吾两位先生是榜样，他们的批评文章，很少单纯说作家好话，但读了那些文章，你会感觉它们非常贴切、准确，真正说得上文采斐然和好读，又有启发性，很多文章至今都不过时。自然，一个文学期里能够留下来并传于后世的文学批评家毕竟为数不多，大部分文章只能作为文学史研究的“资料”用，想想这种“结局”，也够残酷的。

我对梁鸿另一个比较深的印象，是她的认真。两年前，她在上课、写作和家务非常繁忙的情况下，到我在中国人民大学为博士生开设的“重返八十年代”课堂上参与我们的讨论。论资历，她于我的博士生来说应该是“半”个老师辈的人，事实上在教室里，我也是把她作为“老师”介绍给我的学生的。梁鸿好像从不在乎自己的“身份”，每次上课她都准时到场，风雨无阻，仔细聆听每一次演讲，对一些问题详细和坦率地发表自己的看法。我也认识几位“70后”的批评家和青年学者，但像梁鸿这么全身心地投入研究，把“学问”那么当回事的不很多。当然，刚开始梁鸿对我们的工作方式还不习惯，我们之间有过交流，对一些问题的看法也存在分歧。这可能是我个人的“偏见”，我认为仅仅作为一个“文学批评家”是难以在现在的大学里立足的。一是目前大学的制度，对单纯的文学批评有天然的排斥倾向，虽然这种排斥也不一定都有道理。二是单纯的文学批评尽管经常能给人们启发，但毕竟大多数的批评文章都还是比较感性的，跟着作家和作品走的，很难说是经过一段时间沉淀后的理性思考的结果。所以，我主张她“文学批评”和“学术研究”相互兼顾，通过文学批评接触第一线的作家和创作，获得一种文学的“现场感”；然后，再对所批评的对象进行筛选、过滤，写一些经过深思熟虑的研究文章，这样可以做到相互补充和支持。当然，后来我也有一点犹豫，担心比较听“老师话”的梁鸿，弄不好会陷入两头为难、左右不是的尴尬境地。要真正做到我所说的那种状态，其实是非常困难的，连我都做不到，更何况去要求梁鸿？但令我吃惊的是，一段时间后，梁鸿果然在我们课堂的基础上，开始了她的“九十年代文学”研究，先后写出了分析“60后作家”“文学问卷事件”的多篇论文。她拿给我看时，我发现研究视角正在悄悄地进入她思考问题的习惯之中，过去那些比较感性的东西在逐渐减少，而理性分析的因素日益增多。自然不可否认，“九十年代文学”能否被“历史化”，它能否像我和学生做了几年的“八十年代文学”那样能得到历史文献的支持，并在一定的方法上获得某种研究的“自足性”，我还有点怀疑。不过，梁鸿迈出这一小步，仍然是值得肯定的，因为所有有出息的青年学者往往是敢字为先的，没有过人的胆识和勇气，她（他）就无法获得学术研究的探索性。当然，有些问题我们还可以在底下再商量和讨论。

以我在大学二十六年的经验，我以为一个比较合格的中文系的教师是首先应该有一点点文学创作或是文学批评的经验的，没有这种近距离地接触作家和作品文本的写作实践，要想真正进入作家和作品的隐秘世界实际是很困难的。我们都读过许多所谓学术文章，我们会发现很多人还停留在“文学”之外，除了重复大家都知道的“知识”，不少文章其实很难称为关于“文学”的“学术研究”。我深感庆幸的是，梁鸿一直在非常勤奋地写文学批评和小说，她对文学的理解是非常内行的。有了这种充足的文学创作和批评的准备，相信她在不久的将来必成大器，成为人们刮目相看的优秀的青年批评家和学者。

王刚与《路遥年谱》

前些时候，收到王刚先生电邮，让我给他的《路遥年谱》作序。这是他花费几年工夫辛勤撰写的专著。之前我收到过王先生编著的《路遥纪事》，就预感到他还会写另一本更扎实的专著。我不曾与王先生见面，还是从我的学生杨晓帆博士那里知道他一点信息的。

我记得杨晓帆传给我王刚先生作的《路遥创作年表》，当时我正在读梁启超的《中国历史研究法》《中国历史研究法补编》，知道了“年谱”对于继续研究一个作家的重要性。因为很多人都把当代文学研究理解成文学批评，所以，我当时读这两本书纯粹是忙中偷闲，并没有什么明确的目的。“创作年表”给了我一点灵感，于是2012年我写了篇名为《文学年谱框架中的〈路遥创作年表〉》的文章，在《当代文坛》发表后引起复旦大学青年教师金理博士的注意，他在一篇文章中提到它。这件事看似巧合，其实也是对我内心深处一点愿望的激发，我一直在能否给当代小说家做“家世考证”“年谱”“传记”这些事情上犹犹豫豫，没有下定决心。《路遥创作年表》把我读梁启超先生两本书的心得结合起来了。一种朦胧了好几年的想法，就这样逐渐浮出水面。因此，我得感谢王先生，也包括其他一些朋友的此类工作，当代文学史如果没有他们默默无闻的辛勤工作，恐怕要推迟很多年才会有所进展。

杨晓帆告诉我，王刚先生曾是陕西人民出版社的编辑，他自称路遥的“清涧同乡”，这些都不重要。重要的是，他意识到在著名小说家路遥先生故去二十多年后，应该有人替他作传，做些研究的工作。他这个“学术圈外”人，能有这种眼光和气魄，是十分令人钦佩的。在此之前，我零星看过一些介绍路遥人生经历的随笔和史料，对他的身世也有一点点简单了解，例如周海波的长篇回忆录等。读这本《路遥年谱》，才知道还有很多史料文献没有得到挖掘、走访、采集，例如，“1973 年　二十四岁”这部分，叙述路遥上大学、林达招工种种事件的详细，是我过去从未听说过的。一个作家的创作道路，就像路遥小说《人生》里所说的，关键是那几步。而上大学，正是路遥走上文学道路的关键起点。当然，还有柳青的影响等几个也需要注意的关键点。另外，从“1980 年　三十一岁”到“1982 年　三十三岁”路遥写中篇小说《人生》这个阶段的史料也很有意思。其中，有对路遥几篇小说创作过程的叙述，有他与文坛朋友的通信，也有外部世界发生的变化对他文学创作新的想法的启发刺激的作用，等等，都是我们了解路遥新时期初期小说创作状貌不可或缺的参考文献。

我留意到王刚先生在叙述作家这些事迹的时候，态度是平静的，文字也尽量平实客观，不太夹杂自己的感情。这与梁启超在“研究法”著作强调应该让事实自己说话，而不是传记撰写者出来说话的观点，正好不谋而合。我不知道王先生写这本书时，是否受过这类训练，是否是有意为之，但他这样做的效果，确实在我读它的时候达到了。由于作者没有先入为主，令读者处于比较放松的阅读状态，这本著作的史料价值便被显露了。当然，按照更专业的要求，它也不是毫无瑕疵。不过，由于作者辛勤的工作和多年努力，终于让我们读到了一本可以相信的书，这是不容置疑的。

在这本有价值的专著即将问世之际，我先写一点粗浅的观感，借以表达祝贺之意。

（王刚《路遥年谱》序）

给杨晓帆写几句话

2007年秋天，我应北京师范大学文学院张清华教授之邀，去该院励耘学术报告厅做一个名叫“当代文学的历史化”的讲座。当时只带着一份提纲，没有现成讲稿。未想这个粗糙简单的提纲，后来竟成为我系统思考当代文学史研究问题的一个起点。

讲完之后，我跟清华到他的教研室休息，有两位硕士生杨晓帆（文艺学专业）和苗绿（当代文学专业，是清华的学生）又到教研室与我闲聊。我这才知道，本科时杨晓帆是王一川教授的学生，硕士则跟了陈雪虎教授。但她一个学习文艺学的硕士生为什么会对当代文学感兴趣？那时候，杨晓帆和苗绿都是高挑瘦削的年轻女孩子，蹦蹦跳跳的，一副刚从本科阶段进入硕士阶段的青涩姿态。

过了一年多，有一天，王一川教授给我打电话，告知杨晓帆要到我课堂上旁听，询问可不可以。我与一川教授从1996年到2005年都住在北京学院路附近的一个教育部的小区里，其中两栋是分配给中国人民大学和北京师范大学的居民楼。于是，我们成了邻居和朋友。我与一川教授性格各异，习惯不同，但有默契感，属于性情相投的那种朋友。一川在电话里推荐说，杨晓帆是北师大文学院第一届文史哲实验班的学生，在九十多人的班上，是学习成绩最突出的两三位同学之一，语气里有不少唯才是举的热情。

这算是我与晓帆认识的开始。差不多有一个或两个学期的时间，经常是风里雨里的，她每周四下午都从北师大老远地跑来，旁听“重返八十年代”的博士生讨论课。当时教室里有杨庆祥、黄平等一帮学生，称得上人才济济，比较热闹。也因这种因缘际会，晓帆与他们逐渐成了朋友。每次讨论都安排专人讲，下一周是大家围绕讲过的题目进行讨论。几周之后，晓帆开始参与我们的讨论，因为事先做过详细的资料准备，加之她有文艺学理论的底子，所以在课堂上如鱼得水。晓帆是一个见人就笑、态度谦虚的女孩子，加上年纪比庆祥、黄平等人略小几岁，大家都喜欢上这个凡事认真且有自己独立见解的女学生。晓帆也不认生，仿佛是与我们已经认识很久，这也让我感到不可思议。

这是七八年前的事情了，她在我们课堂上讲了什么内容，以及我们讨论的具体作品和现象，我已记不清楚。不过，这种不要学分、纯粹是为学术而来的旁听行为，让我感觉杨晓帆会是个有学术敏锐性的好学生，她似乎也把投身学术研究当成未来的志业。我在人大工作这几十年，也差不多炼就了一双“火眼金睛”，不管学生怎么在我面前表白自己对学术的热爱，我都能凭这种直觉来选择学生。大概其他学校的老师都是如此？也未可知。

2009年上半年，晓帆决定报考我的博士，当时报名的人很多，有三十几位报考者。几经激烈竞争，到面试这最后一轮，只剩下两三个竞争者。晓帆靠清晰准确和富有见识的答辩，在最后一轮中胜出。对我录取一个不是很熟悉的学生，杨庆祥私下有一个评价：“有公心。”这算是对自己老师的褒奖吧。我当时没有想那么多，只觉如果遗漏了一个能看到其前途的好学生，第一于心不忍，第二也是一个损失。果不出所料，9月份杨晓帆进来后（此时庆祥和黄平等已顺利毕业，并到两所大学就职），很自然地成为我课堂上的“第一辩手”，也可以说是写文章和参与讨论的绝对主力军，为当时的这门讨论课增色不少。

晓帆念博二的时候，记得是一个夏天，我请美国哥伦比亚大学东亚系和比较文学系的刘禾教授来人大做系列演讲，因为太忙，请本院的几个教授分别担任讲评工作，杨晓帆则做讲座秘书。刘禾的讲座在北京十分叫座，不光北大、北师大、清华和人大本校文学院的博士生、硕士生踊跃参加，就连北大和人大哲学系的学生也跑来旁听，听说还进行过若干次热烈的讨论。依据晓帆的性格，她也是必然要站起来跟老师提问题的。她对秘书工作的忠诚和细心，所提问题的质量，以及清晰从容的表达能力，都给刘禾留下很好的印象。

一段时间后，我与李陀、刘禾夫妇一起参加活动，回来照旧是我开车送他们回家。在车上，刘禾突然提出能否邀请杨晓帆去哥伦比亚大学做一年访问学者，我当时还有点吃惊，以为是不可能的事情。未想，几个月之后，晓帆忽然告诉我事情成了，第二年秋天即可成行。原来，为晓帆去哥大，刘禾教授与校学术委员会的一位著名教授还有过一番争执，该教授坚持必须是有博士学位的大学教师才有进哥大的资格，而晓帆只是“博士候选人”，她没有进哥大的资格。这要感谢刘禾的坚持，否则此事只有泡汤的份。在哥大一年，晓帆除听刘禾的课，还选修了其他教授的课程，应该收获不小。关键是她对纽约这座大都市有了切近的了解。她在美国时给我发过几张风景照，还有一些参加活动的照片。回国后，她也不像一些人那样，老在我面前喋喋不休关于美国的事情，从中也可以看出晓帆性格中低调和谨慎的一面。

晓帆是那种凡写文章一定要有七八成把握才动手去做的慢热型人。从不好方面讲，有点拖沓，但从较好的方面来说这是认真严谨的体现。她从入学读博到毕业至今这七年多，才写过不到十篇较长篇幅的论文。在我看来，这些文章至少有这么几篇的质量是上乘的，是并不逊于同龄人的好文章：例如《知青小说如何寻根——〈棋王〉的经典化与寻根文学的剥离式批评》（获得《南方文坛》2009年度优秀论文奖）、《历史重释与“新时期”起点的文学想象——重读〈哥德巴赫猜想〉》（获得《文艺争鸣》2013年度优秀论文奖）、《走异路，逃异地，寻求别样的人们——改定版〈心灵史〉与八九十年代“转折”》（获得2015年度“唐弢青年文学奖”）等。获奖论文未必都是一时之选，但能够获奖，尤其是在竞争激烈的奖项评比中获奖的文章，大抵还是不错的。《知青小说如何寻根》从阿城的短篇小说发表、被人评论以及寻根思潮兴起后，又被寻根理论纳入“寻根小说代表作”这样一个曲折完整的过程，来观察知青题材的小说（因为此篇发表在“寻根”思潮出现之前）因何种文学史的机缘再次被命名的现象。这篇文章的难度，在于理解“知青小说”是如何变成“寻根小说”的复杂过程，以及究竟是什么文学批评力量改变了历史走向，将两个好像不同类型的小说作品巧妙嫁接到一起的。晓帆这篇文章又披露，在被认作“寻根代表作”之前，阿城关于这篇小说的“创作谈”都与“知青故事”有关，被重新认定之后，他口气变了，一直使劲地把这个知青故事往“寻根”思潮需要的历史叙述上说，往那里靠。这种历史分析的精彩点，不在“揭露真相”，而在非常客观、冷静和超然地将这种历史叙述推回原来的历史情境之中去。于是，同代作家创作于不同时期的两种小说现象，它们从文学观念到创作手法的“转型”的难题，就这样被充分揭示出来了。

从现在的情形看，杨晓帆学术上的出道是比较顺畅的，但并不表明她以后的发展道路一定能够看清楚。一般而言，从事学术研究最后做出点成绩的人，都是能耐住寂寞的，韧性、耐力和不愿从俗入流的眼光心境，可能会比才华和机会更为重要。大凡自以为才华横溢而且事事顺遂的人，假如不愿意再下笨功夫，不愿意选择寂寞枯燥的生活，中途夭折的概率一般都较高。作为晓帆的老师，我希望她能在事业顺畅的时候屏声敛气，练好内功，培养定力，为了去走那条更远且不平坦的路。

当代文学访谈

当代文学史工作坊

——就“重返八十年代”课堂采访程光炜教授

一、工作坊的缘起和现状

张亮（以下简称“张”）：程老师好！据我了解，您是从2005年9月开始，为中国人民大学文学院博士生开设“重返八十年代”文学课堂的。能否请您简单回顾一下做这个工作坊的最初想法？

程光炜（以下简称“程”）：我在台湾开会，看到那里不少大学的研究所，采取欧美大学的学术工作坊的形式培养研究生，对我颇有启发，便萌生了在人大开博士生工作坊的想法。起初两年，抱有试试看的心理，没有明确的路线图。随着李建立、杨庆祥、黄平、张伟栋、李云、李建周等有才华和活跃的博士生的出现，我心里的学术规划逐渐清晰起来，就是把“八十年代文学”“问题化”，以作家作品带问题的研究方式，呈现那个年代文学思潮、流派、论争和形式探索的地理结构。在此期间，我和北大中文系的李杨老师合作在《当代作家评论》开辟“重返八十年代”的专栏，分别发表人大、北大学生的研究论文，受到学界关注。后来，工作坊论文编成

“八十年代研究书系”和《文学史课堂》（与杨庆祥老师合编）等丛书，在北大出版社和文化艺术出版社出版。这些成果，使“重返八十年代”这一当代文学史研究的新领域初露端倪。

张：我翻阅了工作坊成立以来的学术成果，刚开始的时候做“八十年代文学”，后来转向“七十年代文学”，接着做了一段“九十年代文学”，现在又转回到“八十年代文学”史料文献上去了。能否请您谈一下这样调整的原因？

程：法国年鉴派有一个“时段史学”的说法。他们所说的时段史学，是在反对宏观史学的基础上提出的一个微观史学的设想。但是微观史学内部也潜藏着宏观史学的视野和框架，两者其实并不矛盾。“重返八十年代”是一个微观史学的方案。它设想把二十世纪八十年代切分为一个独立的历史段落，在这个框架里让纷纭复杂的文学现象沉淀下来，一个问题一个问题地研究。按照我后来的说法，就是把中国当代文学史研究“历史化”。

这也是做文学史研究的一个规律。从事一段研究以后，人们会发现文学史里面有一个前因后果的秩序，例如，八十年代是怎么发生的？它前面有一个起源性的东西不能被屏蔽掉。比如，八十年代很多小说的主人公特别喜欢“对话”，喜欢在作品中发表议论，比如《北方的河》《北极光》《波动》《在同一地平线上》《我们这个年纪的梦》《男人的一半是女人》《绿化树》《爱，是不能忘记的》《布礼》等。在研究中，我们发现这种习惯，可能来自六七十年代强调树立正确人生观、世界观的革命传统教育的风气。也就是说，七十年代的思想资源，到八十年代，还在文学形成的过程中起作用，有时候可能还是支配性的。所以，我们决定暂时放下八十年代，做一段“七十年代文学”试试（这些成果，被编成《七十年代小说研究》一书在中国社会科学出版社出版）。做“九十年代文学”也是这个原因，“八十年代文学”有时感到做不下去了，很多问题纠结在一起，无法展开，也不知是什么原因就往后走，看看九十年代文学的状况。

在查资料时发现，有一些问题在二十世纪八十年代只是一个苗头，它在九十年代市场经济环境中才能形成一个问题，有展开的可能性。比如国家出版社与书商出版的双轨制、作家个体户、签约作家等。王朔在八十年代号称“作家个体户”，当时响应者寥寥，到1993年人文精神讨论批评他这个问题时才浮现出来。因为书商出版物的冲击，八十年代中期，一些纯文学刊物受到冲击，订刊物的读者数量急剧下降。到九十年代初，政府鼓励文学杂志自负盈亏，一度使杂志濒临停刊。你看，“八十年代”就这样以“九十年代”的面目存在着，只是当时人们并没有看清楚。

在这种情况下，我们决定通过做“九十年代文学”研究，重新摸摸“八十年代文学”中被我们遗漏的某些现象。进一步说，如果倒过来做做“九十年代文学”，例如文学与革命、文学与市场，才知道八十年代只是历史很小的一个段落，九十年代才是漫长的；反过来说，九十年代只有在反衬八十年代的时候，才会发生出意义。八十年代如果也从九十年代反观自身，其中的意义才能具有爆发力，可以深度地被呈现。今天看，这是一个当代文学“后三十年”的历史视野。将三个十年相互参照，可能比单纯做一段更有意思。

鉴于后来社会环境的变化，包括九十年代无法沉淀下来，我们只做了一段“九十年代文学”研究，就重新回到八十年代这个老根据地上去了。

张：相比于十几年前的“重返八十年代”研究，近两年的重新研究“八十年代文学”是否面对着研究心态、方法和语境的不同？方法和研究思路可能总是与历史语境的变化紧密联系，您以前总结过“历史分析加后现代”的方法，现在似乎不那么看重理论了，甚至要求一些文章做理论减法，让史料自身去说话。您能否谈谈其中的变化？

程：你很敏锐，看出了我们前后两个阶段研究重心和方式的变化。2005年到2014年，工作坊确实很强调理论对问题的穿透，是用理论带问题的那种研究路径。这种方法能培养学生的理论素养，尤其是框架感。但是长此下去，研究本身的不足也暴露了出来，比如，史料文献较少，写出来的论文缺乏足够的说服力。另外，我2010年从澳门大学做客座回来，渐渐也发现，这种训练方法弄到最后，可能会疏远所谓的学问。我是从现代文学转入当代文学研究领域的，由于受导师陆耀东先生的影响，知道问题所在。这种偏颇，也许会对学生后来的学术发展有影响，我过去的一些老学生，有的在自觉地做着调整，也有一些调整得比较困难，出现了一些问题。如果说责任，这首先在我。

除上述原因，转向“理论减法，史料加法”这一方面，还与文学史研究的阶段性特点有些关系。一般而言，文学史研究最早都是提口号，说问题，亮出招牌。热闹过去后，就得坐冷板凳，到图书馆、知网上下功夫。某种程度上，学术研究是一个笨功夫，一个人太聪明了不行，过于使巧劲更不行，因为学术研究看重的是耐心和耐力，包括对比较寂寞生活的忍耐，等等。俗话说，一分耕耘，一分收获，道理很平凡，一般人都不愿意坚持。陆耀东先生他们这一代学人都是这样的人。在武大跟他读博的三年，我对先生多少有一点点研究，注意到如果一个关键材料没找到，他宁愿放很多年不动。这样做虽然吃亏，但一旦做出来，那种活就不一样，是底气很足的。因为有材料说话，你怎么驳它都驳不倒。

我跟学生转向这一方面，实际是按照文学史研究的规律在做当代文学，邵部的《萧也牧之死探考》、谢尚发的《“灵魂的自传”——重勘〈爱，是不能忘记的〉写作前后》和《八十年代初的“沈从文热”》等以史料见长的文章发表后，颇受同行的称赞，就是这个原因。当然，由于“八十年代文学”还沉淀得不够，有时候是我们功夫下得不够，有些则可能是因为作家不愿意配合，或者能够找到的史料有限。你看到了，我们这两年其实并不容易，所谓“八十年代文学的史料文献研究”一直是举步维艰，进展很缓慢。我有时很着急，但光着急有什么办法？

张：上学期“八十年代文学史料”会议上，有老师提及从文学批评转向文学史研究的原因，他认为现在的批评家像“吹鼓手”，得不到同行和作家的尊重，而一个学术问题只有依靠史料才能达成共识。在我看来，前者是批评家的角色功能转变的问题，后者是当代文学的“历史化”问题，不能用史料呈现出来的事实面貌去掩盖个人的艺术判断。像您写王安忆、莫言的文章，杨庆祥老师写路遥的文章，批评的眼光与历史的纵深是相辅相成的。文学史和文学批评的角力，也是您很早就关注到的问题。现在您如何看待这个问题？这个工作坊一直立意文学史研究，出于怎样的考虑和设想？

程：文学批评与文学史研究之间确实存在着矛盾。我从来不认为文学批评不重要，只是不太赞成做当代文学的人都去弄批评，满足热闹生活，天天出席各种研讨会，以结识作家为荣，不愿意沉下心来做文学史研究。然而，必须面对的现实是，中国当代文学的现状决定了在很长一个时期里批评家都会扮演重要角色。以我个人的经验，有过文学史研究的训练，再偶尔写点文学批评文章，会比较有底气，不会乱说。原因是，批评者首先具备了“史家眼光”，他会在文学史的纵横参照里谨慎地做出选择，不将作家新创作的作品看成“石破天惊”的现象，不会大惊小怪，在这种谨慎持重的心态中写出的批评文章，自然会好看一点，有一点韵味，比较厚实。例如，洪子诚、黄发有和张均等老师在做文学史研究之余，写的一些作家作品的批评文章就比较耐读，不空泛。黄平老师称之为“史家批评”，大概是这个意思。而且我认为，做文学史，一定得有充盈丰富敏感的艺术感受力才行，否则，文学史研究就太枯燥无趣了，跟数学物理公式一样。现在有一些当代文学文章，很像社会学文章，读起来很是头痛，可能作者的感觉良好。我对此一直不能理解。最后，我想说，充分隐含着文学史家本人个性的文学史研究成果，与一般的文学史教材和著作，可能会有所不同。

二、二十世纪八十年代史料搜集整理的重点和难点

张：这两年重新研究二十世纪八十年代，您设想将史料文献搜集整理工作重点放在哪些方面？

程：涉及的方面可能很多。我觉得比较紧迫的，是当代作家身世、家世，事件的前因后果，思潮流派发生始末，历史转折点等方面的问题，可能应尽早提上议事日程，逐步地进行搜集整理和研究。对一个作家而言，你不了解他的传记材料，想对他的创作进行深入研究会很困难。比如，莫言与外国文学和民间文学的关系究竟怎样，贾平凹中国传统文学、琴棋书画方面的修养问题，张承志与“文革”、内蒙古、考古、伊斯兰教等的关系渊源，这些基本的东西至今没人清理和研究，史料文献的搜集也没有开始。

自然，从大的方面来讲，应该启动编选关于二十世纪八十年代的大型史料丛书的工作。在此之前，我和已经毕业的学生合编了一套《中国当代文学史资料丛书》，近二十本，分为《伤痕文学研究资料》《反思文学研究资料》《寻根文学研究资料》《先锋小说研究资料》《新写实文学研究资料》《女性文学研究资料》《九十年代诗歌研究资料》《九十年代长篇小说研究资料》等，是以思潮、流派为中心编选的丛书。这套书现在还在百花洲文艺出版社编辑室里躺着，出版社方原计划2017年推出，现在估计还要推迟一段时间。另有《中国当代文学期刊目录》（四百五十万字，四大本），也在北大出版社放了四五年，因为增订、校对等原因，还没出来。除这些工作外，跟我们工作坊密切相关的是课堂论文对史料的整理研究，前面已经说过，意义重要，但进展缓慢，原因我在前面也已经说过了。

张：课堂上常常提到一个问题，就是发现了好的选题，却没有材料可做，有的涉及内部材料没有公开，有的由于作家或其亲属的意愿，有的是难辨史料真伪价值。上学期几篇课堂文章讨论了在八

十年代被文学史压抑的作家，比如宗璞、浩然、杨绛，等等，相比莫言、王安忆这些被文学史主流认可的作家，他们的材料搜集整理工作确实更加困难，这种困难也显出这段历史本身的复杂性。您如何看待搜集整理作家史料之难的问题？

程：确实是这样。有些虽有一点材料，但在怎么利用、处理和吸收上存在问题；另一些是没有材料，或者关键性的稀见材料，所以即使仓促写成文章，价值也不大。这种事情是千头万绪的，一点一点地做吧，总得有人先走一步，虽然，先行者面临的困难，局外人是体会不到的。

张：另外，我也注意到有几位师兄的文章是围绕当代报刊和杂志（比如《人民文学》《文艺报》《中国现代文学研究丛刊》等）来做的，如何把握大量、庞杂、琐碎的材料，使之脉络清晰，集中到论题之下，也非一日之功。想请教老师，处理这种类型的历史材料应该注意什么问题？

程：这学期，夏天对1979年到1984年《中国现代文学研究丛刊》的重读，就是在大量庞杂、琐碎材料的基础上，分类整理出来的一篇文章。尽管课堂上大家对这篇文章提了不少意见，我觉得它仍然是一篇值得肯定的研究文章。夏天从上学期起，就一本一本地读《丛刊》，文章从初稿到完稿，用了差不多一年时间，这种认真治学的态度应该鼓励。从他的工作可以看到，即使杂志这种史料整理工作，没有多年磨炼摸索，没有实战经验，要想一下子把它写好，也不那么容易。这叫外行看热闹，内行看门道，你不上手不知道，一旦上手，才知道它不是一个简单的工作。

我二十世纪九十年代初跟陆老师攻读博士的时候，开始也不会从材料里整理问题，不知道如何将烦琐的材料条理化、问题化，变成一篇有意思的研究论文。经过这么多年的实践，慢慢才学会怎么化繁为简，去伪存真，把杂质淘汰掉，留下有价值的东西。在我看来，史料家不光是文学史家，也是一个批评家，他的眼光、素养、经验，都决定着材料的取舍，这是一个综合性的工作，不是某一方面的问题。所以，如果说有什么问题，我认为学生应该多写、多做，时间长了，眼光就会刁钻、独特，与人不同。《中国现代文学研究丛刊》现任主编李敬泽先生是著名批评家，但他有个说法也很有意思，他说做材料，实际也得有才气。

张：除了史料搜集的困难，研究者与研究对象及相关史料的关系，也会影响选取、结构、阐释史料的问题。对于您这一代学人而言，个体经验是构成历史经验的一部分，也深深影响到研究方法和历史认知。但对于更年轻一辈而言，材料更容易作为知识的对象。我想我们也可以用自己在二十世纪九十年代、新世纪以来所感到的有限经验，去对抗这些历史经验，去交换历史的温度，因为我们对历史的认知都是在回溯中建构起来的。八十年代与我到底是什么关系，这也是我读材料最想探明的问题。如何不断地转化新时代的新经验，使之成为现在历史认知的一种模式和动力？

程：从2005年带着博士生“重返八十年代”的时候起，就一直有学生问我这个问题。我想，一个研究者跟历史的亲近，找到所谓的历史感，非一日之功能够达到，得反复参与课堂讨论，与老师和同学交流，在实践中摸索。我们工作坊这种形式，提交文章，大家提问题，作者回应等环节，其实就是在找一种适合于作者的“历史感”。只有读那个年代的材料，写出文章，再容大家评论甚至挑剔，才会慢慢感觉到历史的存在。研究者与历史的关系一般有两种，一种是“亲历者”或“当事人”的研究，另一种是通过读材料、触摸历史来研究这些历史现象，后天逐渐获得，二者没有优劣先后，主要要看个人禀赋、才华和下的功夫大小。当然，在这一过程中，要大量读理论书，史学理论书，比如英国科林伍德的《历史的观念》，安托万的《历史学十二讲》，克罗齐的《历史学的理论和实际》。我曾认真读过黑格尔的《哲学史演讲录》一、二卷，三、四卷还没来得及读，读他的《历史哲学》，真的受益匪浅。一个研究文学史的人，如果没有深厚的理论素养、眼光，也做不好文学史，顶多是个学术工匠，当然纯粹做史料，也可以造就出一个好学者。

另外，对历史始终保有好奇心，也是不断获得历史感的源泉和动力。

张：八十年代毕竟还是离我们很近，近的好处在于容易获得一手材料，发现新问题和新证据，但是也容易使人局限于这一时代，我们本身可能还在八十年代的余绪中，很难说这样的“历史化”是不是足够“还原”了历史的复杂性，所以“重返”在我的理解中不是一劳永逸的，八十年代依然是需要“不断重临的起点”。与此同时，八十年代又是一个相对短暂的历史时期，有时候容易陷入材料的琐碎和过分细化，缺乏一种结构性和整体性的视野和历史意识。可否请您谈谈在处理文学史问题时该如何应对“远近之辩”和“小大之辩”的困境？

程：关于这个问题，可以读克罗齐的《历史学的理论和实际》、科林伍德的《历史的观念》这两本书，他们对研究者与历史的关系，今天与过去，以及两种历史叙述者（一种是当事人和亲历者，另一种是与当时历史无关的叙述者）在重演当年历史时应取的角度和如何保持距离感等问题，都有精彩的讨论。这些观点，对我研究八十年代文学史有重要启发。

三、当代文学史料整理研究与现代文学史研究方法有无不同

张：我翻过复旦大学陈思和、王德威两位老师主编的《史料与阐释》，既收了新发现的辜鸿铭信件、老舍的未刊创作这些“现代”文学史料，也有胡风的佚文、贾植芳的信件等“当代”文学史料，并有“论述”“年谱”专栏，有意对现当代文学做一个打通和梳理。想请教一下老师，当代和现代文学史，在目前的史料文献整理和研究方法上，存在哪些不同之处呢？

程：陈思和、王德威两位老师主编的《史料与阐释》每期都给

我寄，这本杂志在搜集整理现当代文学史料，尤其是“十七年文学”史料文献方面，有突出和扎实的成绩。陈老师的学生张业松教授是专做胡风年谱和研究的，所以，他提供的材料相当可靠有用。陈老师本人与贾植芳先生有师生之谊，与其说他在整理贾先生的资料，不如说他自己也是资料的亲历者和当事人。

现代文学因为历史距离的关系，相当部分已经沉淀下来，因此史料文献本身的价值也在增大。而二十世纪八十年代以来的文学史料，一方面还没沉淀下来，另一方面作家目前不太愿意把它们拿出来，例如日记、通信、创作札记等，即使有些自传自述材料，大多也语焉不详，或故意隐晦，这在一定程度上都影响了对这一时期文学史搜集整理的工作。

张：现代文学研究的学科建制归功于王瑶、樊骏、唐弢等先生的努力，可以说现代文学研究本身就是一个当代行为和当代问题。学科分立之外，现代和当代文学研究之间其实不是那么泾渭分明。您曾以“鲁郭茅巴老曹”等现代经典作家的当代命运为维度来研究新中国成立以来的文化转型，也一直强调当代文学研究的“历史化”，这是否和现代文学史研究方法有相通之处？

程：我在《文艺争鸣》上主持一个“当代文学六十年”的栏目，主持语里有一段话，可以代表我对当代文学史研究应该吸取古代文学和现代文学史研究方法的一些看法，在此抄录一二：“众所周知，中国现代文学在八十年代的兴起，逐渐成为一个相对成熟和高水平的学科方向，根本的原因来自于它的‘古典文学化’。也就是，不单把现代文学看作一种活动的历史，同时也把它看成一个可以稳定下来的历史现象，按照研究古典文学的方式，对之进行长时期的资料搜集和积累，进行大量和丰富的具体作家作品研究，然后在此基础上，把现代文学变成一种有历史来路、前后传承和看得清楚（吴福辉教授语）的文学史现象。”

在我们看来，当代文学史的研究，在进行初步的问题、边界和方法的探讨之后，应该向着“现代文学化”的目标前行。中国当代文学虽然具有自身历史的独特性，但是不可能脱离与现代文学、古典文学的血脉联系而存在。在漫长的历史链条上，当代文学也许只是现代文学、古典文学发生发展过程中的一个环节，它是中国文学历史道路的一个小小的驿站。重建当代文学与现代文学、古典文学之间的历史关联，在学理上逐步完成相对完整的叙述，使当代文学不仅是一个可批评的对象，同时也是一门历史脉络清晰的学问，这一烦琐和细致的研究工作，需要当代文学史同人的共同努力。

张：随着现代文学学科逐渐被经典化，一方面带来现代文学史学建构的成熟，另一方面，研究似乎越来越退守书斋，变成一种职业化的知识生产，丧失了与当代对话的能力。当代文学研究在借鉴其方法的过程中，会不会也逐渐面临这个问题？可否请您谈谈，当代文学研究如何平衡“历史化”和“当代性”？

程：你这个问题问得好，在强调当代文学研究“历史化”的同时，如何保持它敏锐的“当代性”？你是在说，它不仅可以成为一门独立的学问，同时又能和当代正在发生的重大变化息息相关。之前，我曾写过一篇讨论文学史研究的“当代性”的问题，涉及进入二十世纪九十年代以后的现代文学研究，批评了一些沉闷的现象，说到一个学科方向在经过一个较长的活跃期之后，会有一个如何避免审美疲劳、陷入停滞期的忧虑。

目前的现代文学研究与它在八十年代的状况相比，确实沉闷了不少，鲜有活跃的思想争论、充满活力和拓展性的学术研究，不少一线学者或避入古代文学，或转向近代文学和思想史，有的还准备做“文革”研究，主力阵容空缺后，它过去曾经拥有的相当成熟的“历史化”，确实一定程度上又促成了本身的衰落。这个现象值得现在做当代文学的人警惕。不过，从目前的情况看，还不必担忧，因为很多学者都是以把“当下”带入当代文学史的方式进行思考和研究的，这些学者身上的“当代感”还非常鲜明和突出。然而，等大规模的、相对成熟完备和系统的史料学工作完成之后，会不会出现你担忧的这种情况，现在还不能评估，可能也会不可避免。

四、目前研究存在的问题和展望

张：我感觉最近的课堂文章更偏重史料整理，文章中罗织了很多材料，早期那种立足于文本细读而勾连出社会语境的“重返”方式似乎削弱了，研究的视野在文本外部不断扩张，这样一来文学文本的内部空间会不会被挤压？不同于社会学和历史学，以“文学”进入历史研究的特殊性和有效性在哪里？

程：你听了一个学期的课，也参与了讨论，已经能够感觉到“材料”与“问题”之间存在的不平衡问题。确实是这样。实际从去年初到现在整整一年时间，我们课堂上的文章偏重史料整理，情不自禁地忽视了如何点出问题，用问题去牵引材料的问题，这种情况已经相当突出。我几次在课堂评论中提出这个问题，可能没引起同学们的注意，也许作者本人自己被材料淹没，还不知怎么从材料中脱身出来，总之，反映了博士生们缺乏在整理材料的同时利用材料的研究能力。这个问题，需要长期的训练和摸索才能够逐步克服，我年轻的时候写文章也有这个问题，比如导师批评我材料引得多，就是说这个问题。你得让作者在实践中自己悟过来，自己觉醒，光急没用。我有时候心里其实很着急，也知道光急没用。

另外，你说的社会史视野会不会压抑文本空间的问题，也可能存在，这得看作者怎么掌握尺度。有时候作者材料不够，作品薄弱，就得用社会史充填进去，弥补作者作品内部的不足，释放其中的能量。假如作者材料较多，作品很强，再加大社会史难免就给人画蛇添足的印象。所以，我说有一个作者如何掌握尺度的问题。我近年写文章，喜欢在文体上变来变去，有时偏重材料，有时偏重文本分析，就是想避免你说的问题，当然也不是次次得手。

张：现在自媒体和电子化越来越发达，作家的言论、日记、对话等材料越来越分散、随意和易得，个人信息和当代事件也有了更多真假难辨、隐秘难寻的空间，这势必会给文学的外部研究带来很多问题。您有没有想象过若干年后的“当代”文学研究，史料文献的搜集整理方式会出现什么变化？那时的二十世纪八十年代文学史研究，又会经历怎样的新的“重返”呢？

程：进入新世纪后，由于互联网的兴起，程度不同地存在着这种现象。我现在主张先切出一个历史段落，比如，以二十世纪九十年代末为界，先做纸质上的作家相关材料，流落在互联网上的，等弄明白研究方法、研究模式后再说，暂时放下。

但是，以后的史料文献搜集整理方式是否会受到互联网的制约和影响？肯定会有，但这已经不是我关心的问题，因为那时我已经退休了。

张：去年课堂上讲读的几篇关于杨绛、宗璞、汪曾祺的文章，我们做了一些改进方面的讨论，更多落在如何组织材料和集中论述、如何确立一种重评的史观等问题上面。就您看来，目前工作坊的研究与写作仍存在的问题有哪些？

程：一个是这些作家留给我们的材料不够，还有一些材料游移在可以采信和不可以采信之间，这样，你去开展他们的研究就会步履艰难。当然，也有博士生同学在利用有限的材料时，存在敏感度和开发问题的能力比较薄弱的问题。课下我跟不少学生讨论过，说过“如果我来做，怎么怎么样”的话，大概就是这个意思。对于我来说，不存在可以不可以做的问题，主要是应该怎么做、如何下手的问题，我觉得以后博士生可以在后一方面加强自己的能力，即开发问题的能力。在当代文学史研究领域，你可以注意到，有些研究能力强的学者，即使在材料匮乏的情况下，也能进行有效的研究，是因为他们本人开发问题的能力较强。

张：可否请您谈谈当下您比较关注的作家作品和文学史问题？

您对于工作坊之后的研究工作有什么样的期待和展望？

程：我只局限在作家层面来谈吧。我的估计是，对一些创作成就突出、作品获得文学界公认的作家，比如贾平凹、王安忆等，下一阶段，可以把重心放在他们的传记研究上面，如年谱、家世、地方志、文学地理，等等。对一些存在争议、文学史评价还有待讨论研究的作家，比如张承志、韩少功、路遥、王朔等，我认为还要加大他们的文学史讨论，主要讨论批评、社会思潮对他们的压抑，其作品探索与当时社会的复杂纠缠等问题。我对张承志、路遥的评价比较高，可能与同行不一样，理由是注意到了批评、社会思潮对他们压抑的问题。另外，还有一个文坛时尚的问题，这种文学时尚，就对路遥这种不受时尚影响，坚定走自己的路的作家不利。还有，就是希望重新开展对“30后”作家，比如王蒙、张贤亮、张洁、高晓声、张弦、李国文、从维熙等作家的研究，从做年谱、传记开始，再深入其他方面。这一代作家与前后几代作家最大的不同，就是与他们时代的关系最为密切。也可以把工作坊的工作，分一部分精力去做当代文学“公案”的发掘、追寻和探究，比如“废都批判”“《马桥词典》抄袭问题”“二王之争”“王朔现象”“戴厚英现象”“张承志现象”等。这些问题我们以前做过，有的成果还不错，但仍然有空间和别的可能性。

关于这个文学史工作坊，还想提到2014年到2016年间，我与李陀老师在中国人民大学人文楼二层会议室合作的“当代小说国际工作坊”，这也是我们的工作坊的一部分。这个工作坊，主讲者是七八位在校和已经毕业的博士生，其中有不少学术亮点，在编选出版的《放宽小说的视野》（北大出版社）中有所体现，大家如果有兴趣，可以翻翻这本书。“当代小说国际工作坊”这个名称是杨庆祥老师提出的，组织工作也由他负责，对主讲者和发言者观点的整理，则由他的一些硕士生完成，应该感谢他们辛勤的付出。

张：谢谢老师！

当代作家的史料与年谱问题

——程光炜先生访谈录

夏天（以下简称“夏”）：程老师您好，今天想和您做个访谈，主要想请您谈谈当代作家年谱中的文学史问题。这几年您致力于二十世纪八十年代作家的史料考辨工作。您的学术工作很大程度上也与您自己的生命经历相关。能否请您谈一下您的插队和求学经历？

一、插队与求学

程光炜（以下简称“程”）：我们这代人的人生经历确实特殊，早年插队，1977年恢复高考时，我幸运地考上大学。我1974年3月在大别山腹地的新县插队，在农村待了两年多。在这两年里，我无书可读，也觉得前途茫茫。虽然我当时已经读过一些书，也胡涂乱抹地写了不少东西，但这终究不是个办法。路遥短篇小说《人生》中高加林写通讯稿的细节很真实，我当时也是因为给县广播站写通讯稿，受到县委宣传部干事杨文谋先生的赏识，1976年6月被抽到县政府办公室当秘书。

这个时候感到，上大学是我内心深处的强烈的愿望。1978年3月我进入河南大学中文系就读。我读到了对平生影响最大的一本书，卢梭的《社会契约论》，这本书里谈到“人生来是平等的”的思想，彻底改变了我对当代史的认识。我就读的河南大学虽是省属大学，但中文系著名教授不少，比如现代文学史专家任访秋先生，古代文学专家高文、华仲彦等。任先生二十世纪三十年代在北京念书时，硕士论文的指导老师是胡適和周作人，我记得1980年北大教授王瑶先生来讲学，还向任先生鞠躬。后来才知道是任先生出道比王先生早，属于老师辈的。

我那时热衷于写诗，在《诗刊》《人民文学》上发表过作品，没有想到要做学问。不过我读了很多书，在学校图书馆地下书库读“十七年”的文学期刊，这可能为后来的学术研究打了点基础。九十年代初，我想报考北大谢冕教授的博士生，因报考的人多，改变主意报考了武大陆耀东先生的，谢老师的推荐信为我说了许多好话，陆老师刚看信时拿半信半疑的眼光看着我，可能是评价过高了。两位先生的治学风格迥然不同，各有特色，但陆老师的严谨让我终身受益。到北京任教后，一次谢老师专门问到我：“你怎么没有报考我的博士生？”呵呵，看来我与他还是有缘的。报刊书籍上关于1977级与学术生涯关系的文章很多，我这里就不再重复了。

二、关于史料学转向

夏： 这两年，当代文学学科似乎有一个“史料学转向”的趋势，各地都召开了相关主题的会议。而对当代作家的史料工作来说，最基础的自然是年谱的整理和编写工作，能否请您谈谈当代作家年谱对我们研究的意义？

程： 一个学科发展到一定时候，大凡都会提出“历史化”的问题。这种历史化包含的方面和名目很多，这里先不详述。而在历史化视野中，编写作家的“文学年谱”，分门别类地把他们的文化地理背景、文学渊源和社会活动归入其中，加之具体细致和系统的整理，则是需要重视的工作之一。一般意义上，社会学把年谱视为自己的研究范畴，将五百年一个周期的家族年谱，看作观察社会变迁规律的重要个案。如果用历史学的眼光看，在中国，年谱整理和研究古已有之，在治小说史的学者看来，它的工作方式实际是一种历史学的研究方法。学者石昌渝曾经说，中国小说诞生于史传传统中，中国传统的目录学也把小说归于史传下面。因此，后来的目录学编纂者有的把小说列入子部，有的列入史部，或看作“注疏”“通于史”“志传”，认为它并不能单独成立，因为不少小说都是作者根据民间流传甚广的传说、故事改编而成的，作家只不过是历史传说的整理者，例如《水浒》《三国》等。尽管唐代传奇小说后，小说由“实录”逐步转向“虚构”，性质大变，后来历经一千多年，再经“五四”后翻译文学的冲击，小说与历史的关系日趋多元，而不再是历史的附属品。但“实录”与“虚构”并存或者交叉，始终是小说创制的基本特点。

按照现代文艺理论的说法，文学创作是来自作家个人心灵的活动。许多作家作品都是以表达个性来标榜的，这在认识维度上当然没有问题；即使如此，文学史研究者如果想整体性地把握一个作家，仍然需要把他从精神个体重新还原到历史之中，以目录学的眼光，判定他是哪个年代、哪种文学思潮、流派和类型中的作家；虽说作家本人并不认为自己仅仅是历史的产物，但研究者如果跟着他们的思维走就无法开展工作。进一步说，对于自觉的文学史研究而言，不这样把作家作品的活动重新历史化，置于目录学的视野中，他的工作就很难称得上是理性的、客观的和超越性的，很难称得上是一种文学史的研究。

我这样说，不是在这里自说自话，而是认为研究者应该遵循中国古代文学、现代文学研究的规律，把它们看成当代文学史研究会经历的一个必然阶段。“当代文学史”不可能，也无法使自己脱离这一历史程序，把自己看作独一无二的东西，可以自我生产，不遵守历史学的通常规则。古代文学的年谱不可胜数，例如《李白年谱》《杜甫年谱》《曹雪芹年谱》《施耐庵年谱》《李渔年谱》等，它是古代文学研究的一个基础领域。二十世纪八十年代现代文学的研究勃兴后，撰修作家年谱之风大盛，经三十年的积累已很可观，这对该学科的奠基和稳定功不可没。我们知道比较有名的有《周作人年谱》《沈从文年谱》《闻一多年谱长编》等。《闻一多年谱长编》尤其详尽，而《周作人年谱》有恢复名誉的成分。

唐弢先生在当时就指出，文学史的写作，需要历史的沉淀与生活的筛选，同时八十年代初的现代文学研究者也有意识地把这项工作列入重点领域，例如在《中国现代文学研究丛刊》上，就有一批史料考证性质的文章。当时的主编王瑶先生的文章强调了开展作家"著译系年目录"工作的学术价值，他认为文献学中有一套我们现在研究者必须掌握的技能，这些工作还没引起现代文学研究者的重视。在现代作家的会议中，常有作品删改和各自回忆相互矛盾冲突的地方，这就需要我们对材料进行一番考订工作。唐弢和王瑶是老一辈学者，有旧学功底，也就是史学训练。王瑶在四十年代是治中古文学史的学者，他的史学训练和旧学根底，证明他希望在"现代文学研究"与"古代文学研究"之间搭建一座桥梁，体现历史的连续性，所以由他领衔的中国现代文学学科之所以在"文革"结束后不久就把文献整理、作家年谱研究提上日程，并不令人感到奇怪，王瑶是有深远的文学史研究眼光的。在我看来，他们有关"版本、目录、辨伪、辑佚，都是研究者必须掌握或进行的工作"的忠告并不限于现代文学，也适用于当代文学史研究，对我们是一个提醒。当代文学如果再把自己看作一个隔离于中国古代文学、现代文学之外，可以单独发展的学科，显然是难以被理解和接受的。

就作家年谱而言，梁启超在《中国历史研究法补编》一书中指出："研究历史的人在做历史之先，想训练自己做史的本领，最好是找一二古人的年谱来做。”他的意思是说凡是经过一两个年轮，一个甲子六十年，都可列入历史研究的对象。他这个观点对我很有启发。两年后，中国当代文学就将进入七十年的历史轨道。中国当代文学史的历史，长度由此超出现代文学史整整一倍。从一个作家的创作周期看，这七十年已经可以容纳三代作家。举例来说，如果不算赵树理、柳青这种跨时代作家，从创作的第一篇作品算起，例如李准的《不能走那条路》，“20后”的李准、刘宾雁、李瑛、公刘，等等，可以说是中国当代文学的“第一代作家”。之后有“30后”的王蒙、从维熙、李国文、高晓声、张贤亮和张洁等；“50后”的贾平凹、莫言、王安忆、韩少功、史铁生等。如果说，“20后”的作家多不在人世，“30后”的作家有一些也已故世，如高晓声、张贤亮，或者都在八十岁以上，在世也已不多。而“50后”作家虽然大多在壮年期，但路遥、陈忠实也已不在人间。因此，治中国当代文学史的人要有一种紧迫感。

三、当代文学史料的整理及问题

夏：当代文学的史料工作已有好多年了，能否请您谈谈当代文学史料的整理与出版状况？

程：当代文学史的整理工作，在此前数年已有所展开，例如二十世纪八十年代中期贵州人民出版社推出的“作家研究专集”资料，这套出版工具书至今还陈列在不少大学图书馆，仍被研究者引用。它的历史价值，随着岁月流逝而愈加珍贵。洪子诚、孔范今、吴义勤、杨扬分别在长江文艺出版社、山东文艺出版社和天津人民出版社主持的当代文学资料丛书，已经或正在陆续出版。白烨主持的年度“文情报告”，张健、张清华主持的当代文学编年史，吴秀明主持的当代文学史资料整理，也是引人注目的成果。当代文学史研究者已经意识到资料长期匮乏的严重性。然而坦率地说，这种工作无论规模、连续性和系统性都不能与现代文学的资料建设相提并论，迄今还有业内人士对他们的艰苦努力不以为然，以为与“当代文学”无关。对此我不想做过多评论。

最近十年来，搜集整理中国当代作家研究资料的工作虽提上议事日程，但总感觉滞后于其他工作。我能看到的有孔范今、雷达和吴义勤主编山东文艺出版社2006年版的《中国新时期文学研究资料汇编》，作家研究资料有莫言、贾平凹等九种。杨扬主编天津人民出版社的中国当代作家研究丛书，共八种。这两套书各有贡献，但转来转去的还是那么几个作家。1979年至今，中国“当代作家”少说也有几百位，最重要的不会少于三十位，总是在七八个人之间转来转去，不免有简单重复之感，不算是真正的“中国当代作家研究丛书”。这里面可能有出版资金困难的问题，也有编选工作分摊过广、效率不高的原因。岂知1979年至今的当代文学史“后四十年”，早已是优秀作家群星灿烂，堪称世界一流和亚洲一流的作家应不是一个几个，而是整整的“黄金一代”，关于他们的研究资料反而显得捉襟见肘，我认为真可以用遗憾来形容了。

这两年由丁帆、王彬彬、王尧和朱晓进诸教授领衔，人民文学出版社推出的十六种《江苏当代作家研究资料丛书》，很值得关注。在十六种研究资料中，恐怕不少作家都是第一次列入，明显填补了文学史空白。人们印象中，新时期江苏出了很多优秀小说家，但到底有多少位谁都难以说清楚，这套丛书可以说弥补了这一遗憾。丁帆教授在丛书的总序中指出，以淮河为界，江苏正好分属中国南北方，因此江苏文学历来有阳刚与阴柔两种不同的艺术风格。这样的评价，不单解释了为什么江苏当代作家数量众多，而且也指出了他们创作风格的多元大气等特点。

我在文学史研究中参考作家研究资料，总喜欢先看其家世身世，再看评论文章，对于创作年表和作品发表目录也很留意，看编得是否丰厚详细，有无遗漏的地方。我注意到一位很重要的小说家的“作品发表目录”，连经常被别人提起的文章居然都没有收入。没有了这篇文章，是一个遗憾。这就使我在引用该文时，既找不到原文（只能跑到他们的散文随笔集上求得），更遑论找到文章发表的确切出处了。有一次为写文章，我放下手头工作，先到百度上查，然后四处搜寻，均不得。实在无法，只能让博士生到图书馆漫无边际地去查这些年的文学期刊了。这样一来，就等于大海捞针，其辛苦可见一斑。仅此就知道，做作家研究资料的时候，一定要考虑研究者用得是否方便，是否做到尽量全面详细等环节。在这套书中，王彬彬教授编的《高晓声研究资料》，令我发生浓厚兴趣的是“高晓声简介”这一部分，杨显祖、陈椿年、章品镇、陆文夫和叶兆言等先生写的回忆这位作家的文章，我也喜欢。而作家本人的很多生活细节，不是评论文章所能给予的，作家生活中感性的一面，往往也都记载在这些看似普通的回忆叙述中。

四、作家年谱的编撰问题（一）

夏：既然如此，那您认为，当代文学作家的年谱工作，应该从哪些方面开始着手？其意义何在？

程：“作家年谱”工作，应该在两个方面进行。

首先是抢救资料的问题。2010年我在澳门大学中文系做客座教授，受中山大学中文系张均教授之邀，前往该校给研究生做讲座。事后与张均教授聊天，说起是否办一家专门刊发中国当代文学史史料的杂志，先从“20后”作家开始。后来打算启动这项工作时，才陆续得知很多作家已不在人世。“抢救资料”的美好设想一下落空，传主不在，就得去找亲属、故旧、学生、部下，泡图书馆。可能研究界觉得这些反映二十世纪革命战争题材和农村题材的作家都已“过气”，没人愿意花费精力编选关于他们的“选集”“全集”，而且大量作品、个人资料散见于二十世纪五十至七十年代的文艺杂志，系统地整理确实不容易。

我们知道，“作家年谱”类似于作家小小的“传记”，详备的年谱真做起来，甚至比写一部作家传记还要麻烦。因为年谱不仅记述作家基本的人生轨迹，而且一年一年甚至一月一月的活动事迹都不能落下。如此烦琐麻烦的工作，假如没有一套“作家全集”做基础，实际上不可能开展。另外，由于“20后”作家是在二十世纪五十至七十年代这个历史空间中活动的，这一时期又是当代中国政治运动频繁、激烈的时间段，有些作家曾担任中国作家协会各省市分会的领导职务，不免被卷入其中。要抢救资料，除许多光明正大的资料外，还有不少处在历史角落的资料。这些资料如果从作家亲属、故旧、学生、部下那里获得，可以说非常艰难；假如寻找旁证，从别人那里查勘、校对、问疑，拿到杂志上发表，是否会被作家亲属起诉和责难，也很难说。在现代文学史研究中，有鲁迅儿子《鲁迅全集》的版权纠纷，有茅盾亲属质疑研究者事涉传主个人隐私的冲突，都是先例。政治运动，尤其是涉及人品、道德问题，将会是如何敏感，怎么评估都不算过分。

其次，是对二十世纪八十年代开始创作的作家年谱的整理。这代作家的创作生涯已有三十年，年龄上属于“50后”，除路遥等少数人之外，大部分人也只是五十到六十岁的年纪，思想、头脑还很清楚，回忆起来没有问题，因此可以找人做作家“口述史”。作家们还没到写文学回忆录的时候，即使有意尝试，因不能直抒胸臆，而采取曲笔的隐晦办法，所以只好让后人一一加以考疑、订正了。相较之下，“口述史”与“回忆录”简单一点。“口述史”的优点是材料鲜活，生动的人与事犹在眼前；缺点也在这里，可能会有不少虚构成分。但时间可以考验这些历史是否确凿，如果不把这些“口述史”留下来，将来就会更为遗憾了。一定程度上，“口述史”是作家年谱的补充，是对公开报刊上材料的进一步细化，还具有与公开材料相互订正的作用。举例来说，最近在人民文学出版社出版的，柳青女儿刘可风女士撰写的《柳青传》附录部分，有不少柳青生前对社会和文学问题的看法。因为身患严重的肺心病，柳青经常上气不接下气，需要使用雾化器，传主无法自己手写下来，故让女儿记录在案。这种形式就是作家“口述史”。去年刚刚出版的邢小利先生的《柳青年谱》，有一些就采用了柳青“口述史”材料，令人读来印象深刻。“口述史”是对“年谱”的补充。因为一个作家生前的活动比较频繁，记者报道和作家自述不可能详尽记述这些活动，等到口述史材料出版，就会发现，报道和自述遗漏了很多丰富的事迹。当然，对于专业文学史研究者来说，“口述史”的做法有一定之规，不能随着作家的思想乱跑。采访之前，应先阅读相关材料，熟悉文学史情况和作家本人事迹线索，然后拟定一个详细的采访提纲，组织一个问题系列，这样“口述史”的价值就会凸显，而不致杂乱无章。

再次，作家年谱要注重社会出身、人生道路、文学阅读等重要环节。作家是什么出身，一定会对他日后的人生道路、文学阅读乃至创作风格产生重要影响。例如，贾平凹出身陕南农村，家乡丹凤县地处陕西、湖北与河南三省交界，受汉楚文化的交叉影响。十九岁以前，他在家乡读书、务农，1972年被推荐到西北大学中文系念书，毕业后留在西安工作。他在农村生活十九年，在城里生活四十多年，大部分写的是乡土题材小说，描写西安的城市题材作品仅仅几部，可见他的思想观念受到乡村文化的极大影响。寻着乡土文化这条路子，他后来又接续上中国古代文化、古典文学的脉系，终成杰出的带有乡村士大夫色彩的小说家。路遥也出身于陕北乡村，因为人生坎坷，一直在为离开乡村走向城市而奋斗，养成了个人奋斗，或说青年野心家的精神世界。这种人生道路，容易受十九世纪文学，尤其是俄国十九世纪文学的影响。路遥与贾平凹的差异，还在于他卷入过“文革”，又与在陕北延川插队的北京知青结缘，他人生和文学创作的价值指向，便与贾平凹产生了较大的差异。

当代作家年谱整理的意义，一是像唐弢先生所说，是对当代文学进行“历史稳定”的工作；二是通过年谱整理，可以在“50后”（少数“60后”）作家创作的周围，建立起历史的视野、根据、关联和背景。经过这种固定性的建设，对作家文学生涯的来龙去脉和未来创作的展望，都会更为扎实、可靠和深入。

五、作家年谱编撰问题（二）

夏：当代作家的资料多而芜杂，您觉得在编写作家资料集以及年谱的时候，有哪些难点特别需要我们注意？

程：当代作家资料的编纂不是一项轻松的活。第一应该适当增加介绍作家家世身世的内容。家世身世，是研究资料中的基础材料，虽然不如作家创作自述和评论文章论点突出，仍然至为重要。比如刚刚谈到的高晓声先生，人们知道他在南京“探求社”时期的故事，但不清楚他被打成右派后回乡的处境。比如他后来做了当地的教师，然而婚姻、收入、家庭成员等问题都不清楚。“十七年”到“文革”时期，江苏苏南武进的农村政策、农民收入、生产队工分分配以及当地医疗等问题，给这位作家造成的生活困境，会影响到高晓声对农村的态度。这是他新时期小说创作的起源性问题。没有这段经历，何谈1979年他登上文坛后对农村农民命运的深刻批判和反思？没有这些基础材料，从作家创作的层面分析也是说不太清楚的，文学批评文章，只看到全国农村的共性的问题，看不到武进县当地的个别性问题。要知道，作家是具体的人，是从具体生活感受出发来思考和创作的。另外，在编辑史料的时候，不能只把作家的人生故事等材料整理出来，还应该再往前延伸一点，对他的“前史”也稍微加以介绍，例如家族、血缘三代的情况，当地民俗和沿革历史都有些则更好。如果把这个基础材料整理出来，作家的来龙去脉就清楚了。因此，作家的家世、身世史，一定程度上决定了他创作史的发生和走向。前些时，我的那篇《当代文学考证中的“感情视角”》涉及这方面的问题。我这样写道：“作为‘当代史’的‘当事人’，又无法完全彻底地把‘感情视角’剔除出去，如果这样，那么克罗齐所说的‘历史的人性’‘历史的积极性质’还有什么意义？换句话说，即使考证者不抱着把历史真相告诉下一代读者的想法，但如果他的叙述只是一些冷血材料，是一些类似木乃伊的历史断片，那么‘最终的考证价值’又在哪里？”说老实话，对这些深奥纠缠的问题，我自己没有充分的把握和见解，但这并不表明，它不深层次地存在于我们对作家研究资料的整理之中。

第二是作家评论文章的筛选问题。作家作品发表后，会有评论文章出现，评论文章的选择自然也成为重要的问题。有时候，作家的资料集或年谱是由本地批评家编选的，好处是比较了解当时的情形，也能够掌握作家创作的整个局面。但本地批评家编本地作家研究资料有一定的局限，比如人事关系，家属对编选的影响，中国人“为贤者讳”的心理，也会一定程度地反映出来，有些分寸不是编选者自己能够把握的。还有就是，这些作家的作品在获得认可的同时，批评家也有不同看法，比如一些不是简单称赞而是比较深入的看法，也会在文学批评中反映出来。有些尖锐的批评，反映了文学的氛围和状态，是批评家站在较高的立足点上加以俯瞰的结果。尽管有些尖锐看法不一定都对，有偏颇之嫌，但携带着当时的历史气息、文学氛围，是真实的时代脉动的反映。选入尖锐文学批评，不一定会妨碍对作家认识的历史积淀，反而是更深厚的积淀。我对此的态度是，当时有代表性的甚至比较尖锐的批评文章宁可多选点，关系性的研究文章宁可少选点，或不选。这只是我个人不成熟的看法。

第三是“创作年表”和“作品发表目录”的问题。先说“创作年表”。在我看来，年表可看作一个作家生活的“小史”，不只是他创作的“小史”。因此，除主要作品发表的杂志、时间之外，还应有一定的文学活动和评论的情况附在其中。很多人都看过洪子诚老师

《中国当代文学史》后面的“中国当代文学年表”，在写这本教材之前，他把《文艺报》读过两遍，看得非常细，可能有些还做了笔记之类。所以，你看“1949年”这一节，既有第一次文代会、《人民文学》创刊、“中国人民文艺丛书”出版等较大的文学事件，也贯穿了一些作家生活的细节，比如，《中共中央东北局关于萧军问题的决议》，9月5日《文艺报》关于《争取小市民层的读者》的座谈会报道。这些大的文学活动和作家小的文学活动，交错穿插于历史各个瞬间，形成了多声部效果。虽说是当代文学的年表，介绍的文字不多，但不显得单薄，主要是编选者的眼光比较细，想问题也细，才会有这种效果。因此，我理解的“创作年表”不是堆砌作品，而是如何利用材料做更细致深入的观察，没有作家的文学活动，这些创作的作品就是冷冰冰的。

另外，“作品发表目录”的编选也是如此。作家发表的作品，最好是一网打尽，不管是文学作品，还是访谈、自述、散文随笔，等等。这样会不会篇幅太大了点？我的看法是，宁可压缩评论文章的篇幅，也不能削减作品发表目录的篇幅。评论文章如果篇幅不够，我们还可以到杂志上找，但假如目录不详细全面，我们再到杂志上大海捞针似的去一篇篇找，麻烦就大了。所以，在全书结构上，“年表”和“目录”部分可以适当增容，篇幅占页数多一点没关系。有的编选者可能担心，如果不加筛选地全部收集，会不会出现过于烦琐庞杂的问题，其实不会。我在你刚刚提到的《当代文学考证中的“感情视角”》这篇文章中也写道：“与这个问题相关的，有一个史料文献整理和叙述的‘简与繁’的问题。我的看法是不妨先‘繁复’一些，力求翔实穷尽，进一步挑拣、筛选和剔除的工作，也留待下一代研究者去做。就是先抢救材料，多多益善，堆积在那里没关系，等经过数十年的努力，做成一个当代文学史史料文献的巨大仓库之后，后面人的工作压力就会大大减轻了。”为什么不就简去繁，而要就繁去简呢？这是因为我们距离所整理的作家研究资料太近，很多东西还在影响着我们的判断、选择和视角，这个问题无法回避，也是当代人回避不了的。即使是做现代文学研究的人，也还有类似问题，尤其是“作品发表目录”，关乎我们全面详细地了解把握一位当代作家作品发表的历史情况，所以这不叫烦琐，而应该称之为详尽，是材料的充分占有。

夏：刚才您提到了路遥和贾平凹人生经验的差异，让我想到今年是路遥逝世二十五周年，而在这两三年里，路遥的传记、年谱也纷纷出版，您还给王刚编著的《路遥年谱》作序。请问您怎么看《路遥年谱》？这部年谱的出版对我们的研究有什么影响？

程：过去的对路遥的研究经常是知识推演的结果，不太注意把路遥放到和周边的亲密的人的关系中。王刚编著的《路遥年谱》为我们展示了路遥人生世界的情感方面，可能会夯实路遥研究的基础，改变目前常见的看法。例如，1970年的“年谱”写道，3月，路遥进驻延川县百货公司进行路线教育，与北京女知青林虹结识，遂发展成恋爱关系。“有一段时间，林虹返回插队的楼河村办事，她和路遥就鸿雁传书。一个多月，林虹给路遥写了八封长信，平均每四天一封，那些缠缠绵绵的情书给了路遥爱情的滋养。”后来，铜川某工厂招工，路遥和林虹同时报名，林虹身体检查不合格失去机会，陷入爱情之中的路遥把自己的指标让给林虹。林虹当工人一个月，第一次发工资除留下生活费，其余全部买香烟寄给路遥。日子渐久，林虹感情发生动摇，写信请在内蒙古的清华附中女同学拿主意，这位女同学直接以林虹的名义给路遥写了一封绝交信，令路遥大为痛苦。“那次，路遥哭了，哭得胆肝俱裂。”林虹嫁给了工厂的军代表。路遥又与另一位北京女知青林达产生了恋爱。林达与林虹都是清华附中知青，她在看望林虹时，把这个消息告诉了林虹。“她与林虹躺在一张床上，同盖一床被子”“林虹听后哭了，整整一夜都不停地落泪”。两位女知青喜爱路遥，是因为他的文学才华，然而城乡生活差异，最后仍然让他们劳燕各飞。先是林虹与路遥分手，后来林达虽与路遥结婚生女，结果还是以离婚而告终。路遥的人生轨迹，虽与贾平凹有交叉的方面，但终究有很大不同。路遥与二林的爱情，在《人生》和《平凡的世界》等作品中都有深切的反映。路遥的小说至今拥有广大的读者，与他将“人生”写进“小说”彼此不分，一定程度上使小说成为他鲜活的人生载体。作家的情感生活如何进入“创作年表”，进入作品研究中，是值得讨论的问题。

夏： 刚才您谈到作家的“创作年表”不能仅局限在作品，还应该和作家的文学活动，甚至情感生活相关。您之前的博士，现在在华中师范大学的杨晓帆老师在准备博士论文的时候，也特地编写了《路遥创作年表》作为自己研究的基础。请问您能否具体谈谈如何在研究中运用作家的“创作年表”?

程： 晓帆已经毕业好多年了，她为路遥编写“创作年表”，一是因为路遥已经故世，初步的实验不会惹出什么麻烦。二是因为我们过去看不清楚的问题，现在能够稍微看得清楚一些了。他的“创作年表”，正好是一个最佳的研究对象。虽然路遥的文学史定位现在还是一个问题，这不妨碍我们先行把他列为较早建立文学年谱的作家。

“创作年表”是否能真实地展示作家个人的历史，这个问题不好做出严密论证，讨论起来也比较困难。例如，出于为尊者讳的原因，有些现代作家家属会设定若干禁区，如茅盾在日本的生活等，曾令研究者大感烦恼。我也碰到过这类情况，在写一位作家的传记时，为使得材料稍微全面一些，偷偷瞒着作家现任太太去采访他的前妻，像做地下工作的人一样，形迹很是诡异紧张。我这样紧张是因为担心作家家属不愿意看到历史真实性和全貌而横加阻拦，而治史的学者都想把真实的历史留给读者。治史的学者即使与作家家里关系熟悉，交往较多，也不能被其牵扯，而是要使自己站在观察和研究的高度上。我想这不是我个人的“遭遇”，现代文学研究者恐怕碰到过不少这类问题，所以说，已经出版的现代作家的传记、年谱是否已经做到了全面客观，是否已没有重要遗漏也许还很难说。我进一步想到，对二十世纪八十年代的作家而言，他们对自己“文革”中的文学活动和创作也许会讳莫如深，毕竟许多当事人还在，这段历史还没有最后结论。在《路遥创作年表》中，这段历史虽然未到翔实的地步，但它并没有回避。这使它能够进一步建立了路遥与“十七年”“文革”和“八十年代”“九十年代”的联系，这种联系，使《人生》和《平凡的世界》的固化形象有所改观。在王刚的《路遥年谱》中，这段历史也有一定展开，但《年谱》中仍有语焉不详的部分，需要进一步挖掘。

在作家写作和发表作品的过程中，有些材料还需要补充，如读了谁的作品受到启发，才决定这样写作的，发表时接触了哪些杂志的编辑，作者与他们有什么交往。我们知道，路遥对前辈陕籍著名作家柳青非常崇拜，一直在认真阅读他的小说，成名前后都是如此，有时连出差都带着《创业史》；又例如，在“文革”时路遥人生起伏跌宕的故事中，应该有一些当事人和朋友的叙述，交代详细情况，使研究者得以掌握基本情况。年表这方面的交代过于简略，有些粗糙，各部分之间也没有历史联系。我手头有一本李文琴编选的《路遥研究资料》，编选者花费过一番功夫，尤其是“研究资料索引”——文学批评文章的搜集整理，做得较好，不足之处是“作品年表”极简单。好在书中有几篇路遥朋友的回忆文章，说他上县城关小学时是“半灶生”，即学校不负责全部伙食，开饭时必须赶着去学校厨房抢自己的干粮，否则就会饿肚子，颇受屈辱。这种场面令人想到《平凡的世界》刚开始对孙少平的描写。另一篇文章谈到上大学时，路遥非常爱读艾思奇的通俗哲学著作《辩证唯物主义与历史唯物主义》和柳青的《创业史》第一卷，反复阅读，几乎达到烂熟的程度。平时，他也喜欢用辩证的观点分析事物，让同学感到充满了哲理，等等，路遥本人对此可能还比较得意。

夏：的确，二十世纪八十年代成名作家的文学起点，也都在“文革”时期，如何理解这两个时代的关系，也是八十年代文学研究中的难点。

程：路遥和“伤痕文学”那批作家不太一样，他1949年12月3日出生在陕西省清涧县王家堡村，原名王卫国。七岁过继给伯父，迁居陕西省延川县郭家沟。他的身世较为不幸和寒微，他小说中隐藏着由于童年不幸，而留下的敏感、自卑、神经质又较为自负的划痕。很多作家不同程度地有过这种经验，但对这种经验的处理，在作家那里有所不同。路遥的身世，就相当强烈地传染到主人公身上，比如高加林、孙少平等，这种性格在1966年有了第一次总爆发。晓帆整理的《年表》写道：“1966年末至67年初，初次徒步到北京。返回后以王天笑的名字写大字报。”后成为“红卫兵组织‘井冈山’造反派领袖”，随着延川中学教师学生分裂成两个派别，他率领“井冈山”成为县里主流派的“红四野”军长。“1967年9月15日按照‘三结合’成立县革委会，路遥任副主任。但作为革命大众代表并无实权。”之后以返乡知青身份回乡劳动，当队办小学教师。这段简历无损路遥的形象，经历过那个年代的人，会不由自主地卷入斗争。有的是刻意为之；有的是盲目冲动，不小心犯下错误。其实，值得探讨的倒是“十七年”和“文革”中的“理想性”与二十世纪八十年代文学中的“理想性”，它们之间复杂曲折的承传关系究竟是一种什么思想脉络，至今没有在当代文学史中得到清理。路遥是一个真实的人，观察到他在“文革”中的“理想性”，才可能进一步延伸地试着去理解他在创作《人生》时的“理想性”所产生的历史脉络。它们之间是在什么时代气候里被撕裂又在什么文学背景中接续起来的，“文革文学”难道真如很多人所说与“八十年代文学”是一种水火不容的历史关系吗？这是值得怀疑的。

《年表》描述了路遥文学创作中的“习作”阶段。他文学创作的起点应该是1967年，“开始在县文化馆油印刊物《革命文化》上发表《塞上柳》《车过南京桥》等短诗”。为什么那年代的人喜欢文学创作？因为可以借此获得参军、改行、就业和提升的人生机会。所以，路遥的选择并非个人选择。1969年在“新古胜大队黑板报上发表诗歌《老汉走着就想跑》”。1971年，这几首诗在《延安通讯》《延川文化》等稍微正式的报刊上登载，起用笔名“缨依红”，是说革命的“红缨”依然通红的意思。

1973年，路遥改写小说。这年，他作为工农兵大学生被推荐到延安大学中文系。1973年至1977年间，他发表的作品分别是：小说《优胜红旗》，《陕西文艺》1973年第7期；《银花灿灿》，《陕西文艺》1974年第5期；《灯火闪闪》，《陕西文艺》1975年第1期；《不冻结的土地》，《陕西文艺》1975年第5期；在《陕西文艺》1976年发表小说一组，《父子俩》《刘三婶》《曳断绳》《丁牛牛》；散文《难忘的二十四小时——追记周总理1973年在延安》，《陕西文艺》1977年第1期。这些作品的主题、题材、创作风格和手法来自于“十七年文学”和“文革”，是对那个年代流行文学的模仿。

1978年是路遥的“转折”之年，四处退稿的中篇小说《惊心动魄的一幕》经过磨难，由秦兆阳发表在《当代》1980年第3期。引起轰动的中篇小说《人生》发表在《收获》1982年第3期。不做文学史研究的人，会以为路遥的文学创作是从《人生》开始的，不知道他还有一个文学的“史前史”。按照当代文学史定论，“八十年代文学”与“十七年文学”和“文革文学”是一种历史性的断裂，但有文学史经验的人知道，这经不起历史的检验。

路遥的创作与“十七年”“文革文学”之间的关系很复杂。《创作年表》告诉我们，他文学创作的习作期是在这一时期完成的。我们不由得想到，假如没有对“十七年”和“文革文学”营养的吸收、模仿，没有这种历史经验的沉淀，没有这种特殊的文学训练，是否会有路遥八十年代的文学创作。这个问题，此前的路遥小说评论很少涉及。记得2009年，在我参加的《文艺报》创刊六十周年纪念会上，郑伯农曾经说了几句有历史反省意义的话，他说：“八十年代文学初期的许多著名人物，都是‘十七年’的大学培养出来的。”

他强调要用连续性的而非断裂性的眼光看待历史的观点是值得重视的。这对重新讨论路遥有意义。

夏： 您对现在的当代作家的年谱编写有什么建议吗？

程： 作家年谱的整理工作不是一劳永逸的。我们文学院治《红楼梦》的著名学者冯其庸教授，二十世纪七十年代到辽宁做实地考察，花费很多工夫考证曹雪芹的祖籍，在掌握的材料基础上推翻了过去的结论。这个事情给我们的启示是，即使在曹雪芹这位早已经典化的大作家身上，还会因他年谱的真伪问题出现分歧和争论，学者还在费力地对之进行校正、补充，更何况还未起步的当代作家年谱的整理？

整理当代作家年谱的工作已经比较迫切了。我们可以先约同行开一个名单，例如从1949年起有哪些作家应该成为年谱整理对象，哪些作家暂不列入。另一个问题是，因为缺乏旧学功底，我们对社会学关于家谱整理的知识不十分了解，整理者应该有意识地对自己有一点年谱整理的训练。在开展当代作家年谱整理的工作前，先召开一个小型研讨会，邀请古代文学、社会学研究者做一点对话，以此弥补知识和经验的不足，借此了解我们可以做到什么，不可以做什么，使这项工作更具当代的鲜活性和历史性。

夏： 听您讲当代作家的史料与年谱编写，真是受益匪浅，感谢您用自己宝贵的时间接受我们的访问，谢谢您。

学术自传

学术简谱

魏华莹 著

1956年

12月9日出生，原籍江西省婺源县。

1962年，六岁

9月，入信阳市红星小学。

1968年，十二岁

入信阳三中念书。学校处于半停课状态，但常到母亲工作的信阳农专图书馆翻书，如《野火春风斗古城》《青春之歌》《林海雪原》《红日》《红岩》《红旗谱》《小城春秋》《三家巷》《苦菜花》《迎春花》《钢铁是怎样炼成的》等小说，以及杨朔、秦牧、刘白羽的散文等。

1969年，十三岁

12月，信阳农专撤销，全家老小随父母下放大别山区。一辆两吨半的苏联卡斯汽车载着六口人和简单行李，在崎岖不平的山路上颠簸数小时，傍晚抵达位于大山腹地的新县沙窝镇。父母将在镇中学任教。即将“扎根一辈子”，程光炜“平生第一次体验到‘绝望’这两个字”。此后几年，在沙窝中学读完初中，在新县一中读完高中。

1974年，十八岁

3月，到新县八里公社胡冲茶场插队。三伏天抢收水稻，隆冬翻越大山砍柴。

程光炜在艰苦环境中热衷读书，尤喜文学作品。除家里带来的欧美文学名著，又阅李瑛诗集《枣林村集》《红花满山》、浩然长篇小说《艳阳天》和《郭小川诗选》等。开始诗歌创作，还给县广播站写新闻通讯稿。不久被县委宣传部抽调，采访长征途中和其他战争中掉队回乡的老红军，集体撰写的长篇报道《他们还在继续战斗》在《河南日报》发表。两年后，入职中共新县县委办公室。

1977年，二十一岁

春，跟随副县长进入许湾的县修路指挥部做宣传报道。

10月，父亲来信告知恢复高考的消息。白天上班，夜晚则在指挥部某仓库复习。

1978年，二十二岁

3月，考入河南大学中文系。任1977级一班副班长。该校学术氛围浓厚，中文系有任访秋、高文等一批老教授。图书馆藏书宏富，程光炜在老图书馆地下室通读所有《诗刊》《人民文学》。与吉林大学学生徐敬亚、武汉大学学生王家新开始通信。大学期间的他“只想把自己满腹的感情和思考倾吐给时代”，“当一个出人头地的诗人，成了我当时的梦想”。

1979年，二十三岁

在《奔流》上发表诗作《天不亮》《水桶不见了》《梦啊，银色的小河》。此间，程光炜常与艺术系青年教师孔令更、中文系1977级学生易殿选、中文系1978级学生王峙军和陈守中聚于孔氏宿舍，纵酒谈诗，朦胧诗是主要话题。

1980年，二十四岁

诗作《茶山啊，从没这么多的关》发表在《奔流》第3期，《记忆上的小花》刊于第4期（四首）。这组诗的发表，使程光炜大受鼓舞，夸张些说是“改变了一生发展的方向”。平生第一次领取四十元稿费，购置衣物、棉鞋，寄往在江苏无锡读大学的弟弟。

1981年，二十五岁

《秋雨恩情》《柳》发表在《奔流》第2期。

《抒情诗四首》发表在《飞天》第7期。次年，公刘先生撰文评价该栏目时，称赞作者诗风之多变，朦胧体的《永远的伙伴》则以“繁复多变的吟咏以及丰富多姿的形象”获得艺术上的成功。

诗作《在森林里》，刊于《奔流》第11期。

1982年，二十六岁

2月，大学毕业分配至河南郑州市人大常委会工作。

诗作《我们走向处女地》（《飞天》第1期）获“《飞天》1982年大学生诗歌奖”。

工作之余，仍勤奋写诗。《天空》刊于《诗刊》第5期；《回到北方》刊于《人民文学》第9期。

10月1日，与恋爱三年的大学同班女同学结婚，赴武汉、上海、杭州和无锡等地旅行。

1983年，二十七岁

因厌倦行政事务，程光炜产生弃政从文的念头，决定离开公务员岗位。

6月，正式调至信阳师范学院中文系任教。受大学重学术轻创作风气影响，写诗兴趣减弱，开始转向诗歌研究和批评。

1984年，二十八岁

2月，农历大年初一。患肺气肿的父亲因误诊，在学校附近的部队医院病故，享年五十九岁。是夜大雪纷飞，程光炜照顾父亲，目睹父亲离世。父亲骨灰在家中存放多年，1995年始迁至故乡江西婺源县城回头岭的家族墓地安葬。

10月，诗作《绿色旗在前方挥起了》发表在《诗刊》第10期。开始从事诗歌批评活动。

1985年，二十九岁

在《诗刊》第5期上发表《波浪之歌》（组诗），包括《飓风》《潮汐》《致海鸥》《黑礁石》。

12月，携母亲、妻儿离开河南，受湖北师范学院中文系系主任王念孔教授之邀，到该系任教。

本年，程光炜与孔令更的诗歌合集《相聚在雨后的密林》由中国文联出版公司出版。

1986年，三十岁

诗作《大路上》发表在《星星》第1期；《溪流（外一首）》发表在《诗刊》第6期。

本时期，程光炜“作诗的热情逐渐减退”，愈加倾心于“现代意义的诗歌批评”。撰写的跟踪式的诗歌批评文章，多见于红极一时的

《诗歌报》等报刊，对“第三代诗人”的大胆艺术探索给予热情支持。与陈超、唐晓渡一起，对先锋诗在二十世纪八十年代中期的迅猛发展，起到了推波助澜的作用。

本年，发表的诗歌研究文章有《诗的现代意识与艺术功能》(《诗刊》第2期)、《诗的抽象化与感情浮泛》(《星星》第5期)、《诗的现代意识与社会功能——与谢冕同志商榷》(《文学评论》第4期)。

1990年，三十四岁

5月，论文《心灵的祭典——读〈未凡情诗选〉》发表在《诗刊》第4期；《梦的痉挛与其狂悖的痛楚——张烨诗的心理透视》发表在《湖北师范学院学报》第2期。

12月，专著《朦胧诗实验诗艺术论》由长江文艺出版社出版。

1992年，三十六岁

6月，由讲师直接破格晋升为教授。

9月，考入武汉大学中文系，师从中国著名新诗研究专家陆耀东教授攻读博士学位，研究方向为现代文学思潮和新诗史。陆耀东先生严格的学院式训练，对程光炜日后的学术研究产生了至关重要的影响。

10月，编著《台港小品文精品鉴赏》，由河南人民出版社出版。

1993年，三十七岁

《何其芳、卞之琳和艾青四十年代的创作心态》发表在《文学评论》第5期；《热点文学五人谈》发表在《社会科学动态》第6期(《新华文摘》第9期转载)。

1995年，三十九岁

6月，获文学博士学位。武汉大学本届毕业的七十多名博士生，除哲学系姚姓博士和程光炜分别到中山大学和中国人民大学任教，其余大多改行或出国深造。为此，武大研究生院为程、姚两位博士颁发锦旗："到祖国最需要的地方去。"奖励绸缎被面一幅。

1997年，四十一岁

发表长篇评论《不知所终的旅行——九十年代诗歌综论》（《山花》第11期、《复印报刊资料·中国现代、当代文学研究》第12期转载），此为诗选《岁月的遗照》序言。程光炜对"知识分子写作"的说法进行了理论界定，提出"写作者首先是一个具有独立见解和立场的知识分子，其次才是一个诗人"。文中提出的"九十年代诗歌""叙事性""反讽"等概念，逐渐成为研究二十世纪九十年代诗歌的关键词。

1998年，四十二岁

3月至10月，在韩国韩瑞大学中文系担任客座教授。《访韩一瞥》《雪中小忆》等随笔文章记录了韩国印象及各校教授的交往。

在关注诗歌创作的同时，程光炜还对艾青、李瑛等重要诗人进行了历史性分析，这是二十一世纪以后，他逐渐将注意力从诗歌批评转向文学史研究的前兆。

本年，程光炜编选的《岁月的遗照——九十年代诗歌》由社会科学文献出版社出版，该书为洪子诚教授主编《九十年代文学书系》之一种。诗选的出版成为一个导火索，引发先锋诗歌阵营的迅速分化。程光炜在韩国，不知自己成为国内世纪之交"知识分子写作"与"民间写作"论争的焦点人物，被持"民间写作"立场的诗人攻击，有些还是相交多年的朋友。个人情感受到伤害，过去对诗歌那种浪漫天真的幻想，遂生变化。

1999年，四十三岁

1月，专著《艾青传》由北京十月文艺出版社出版，并获第十四届北方十五省市自治区哲学社会科学优秀图书奖，1999年度北京市优秀图书二等奖。

在《找回一个权威》（《山花》第6期）、《新诗在历史脉络之中——对一场争论的回答》（《大家》第5期、《复印报刊资料·中国现代、当代文学研究》2000年第7期转载）中，程光炜回应了那场围绕二十世纪九十年代新诗的争论，同时通过对新诗历史的梳理，坚信其仍会回到正常的轨道上来。

2000年，四十四岁

7月，程光炜与吴晓东、刘勇、孔庆东、郜元宝等主编的《中国现代文学史》由中国人民大学出版社出版。

12月，评论集《雨中听枫》由湖北教育出版社出版。该书借"凭吊历史"的视角，希望对一代人曾有过的精神探索尝试做些回顾和反省。

这一年，程光炜开始调整研究领域，将重心从中国现代文学史转到中国当代文学史中来，并尝试进行"十七年文学"研究。程光炜认为，不应对这段历史和一代人的精神"遭遇"采取仰视或俯视的研究视角，而是以"同情之理解"的态度面对它。这是他后来从事文学史研究的基本态度。

本年度，开始任中国当代文学研究会常务理事。

2001年，四十五岁

4月，学术随笔集《踩空的踏板》由云南人民出版社出版，表达对世纪之交文化状况的关怀。

主持教育部人文社会科学研究"十五"规划项目"走进当代的鲁、郭、茅、巴、老、曹"。

本年度，陆续发表“十七年”文学研究论文多篇。

2002年，四十六岁

1月，获得博士生导师资格，开始招博士研究生。

同月，评论集《程光炜诗歌时评》由河南人民出版社出版。

3月，随笔集《东亚的想象》由中国工人出版社出版。

本年度，任北京市“十一五”社科规划项目文学艺术评议组组长。

2003年，四十七岁

12月，著作《中国当代诗歌史》由中国人民大学出版社出版。

2004年，四十八岁

1月，著作《文化的转轨：“鲁郭茅巴老曹”在中国(1949—1976)》由光明日报出版社出版，该书“标志着程光炜从一个文学批评家向文学史家、从对当代文学的历史批判研究向知识考古研究的重心转移”。

6月，与洪子诚教授共同编选的《朦胧诗新编》由长江文艺出版社出版。

2005年，四十九岁

1月，程光炜与孟繁华合著的《中国当代文学发展史》由人民文学出版社出版。被学界认为相较洪子诚《中国当代文学史》和陈思和《中国当代文学史教程》，更为强调“知识的重组与陌生化”，“以现代性作为二十世纪文学的整体性特征”，是在“追求整体的文学史”方面的可贵成果。

5月，由研究“十七年文学”的论文结集而成的著作《文学想象与文学国家——中国现当代文学研究（1949—1976)》，由河南大学出版社出版。

6月，与张中良、李怡教授受台湾中国现代文学研究会之邀，赴台北中坜参加学术研讨会。

9月，在中国人民大学文学院开设“重返八十年代”的博士生讨论课。对象以博士生为主，每学期拟定九个题目，分别由程光炜和博士生承担一至两个题目，分头查阅资料，撰写论文，然后在课堂上发布。最初设想，是想集中几年时间讨论和研究“八十年代文学”的文学史问题，培养博士生的问题意识，对其进行学术训练。希望结合学校的教学工作，达到教学相长的目的。

10月，受陕西师大中文系李震教授的邀请，做“当代文学学科的认同、分歧和建构”的演讲。此文是程光炜撰写系列性反思中国当代文学史研究问题的第一篇。

11月，主编的研究丛书《大众媒介与中国现当代文学》《文人集团与中国现当代文学》由人民文学出版社出版。

在《当代作家评论》第3期发表两篇文章：《怎样对“新时期文学”做历史定位？——重返八十年代文学史之一》（《复印报刊资料·中国现代、当代文学研究》第8期转载）、《经典的颠覆与再建——重返八十年代文学史之二》。前文通过知识考古的方式，发现仅仅在二十多年间，“新时期文学”这一重要的文学史概念就经历了多次颠覆、增删、质疑和重述，已经很难再把它放回当时的“语境”中。进而提出质疑，它是否还适合概括近三十年的文学现象。后文着重考察二十世纪八十年代“伤痕”“寻根”“先锋”等各个文学流派自我形象的塑造过程，对它们的观点、分歧做简单清理，进而指出“八十年代文学”无论对经典的颠覆还是再建都含有鲜明的价值判断。

从《文艺研究》第一期开始，程光炜作为特约主持批评专栏文章，包括《重评“伤痕文学”》（第1期）、《重评“寻根文学”》（第3期）、《重评“先锋文学”》（第5期），对既有的文学史叙述提出质疑，表现出强烈的问题意识。

这一时期，程光炜“投注最多的心力”的地方，大概是他这批关于“八十年代文学”的论文。有《“伤痕文学”的历史局限性》(《文艺研究》第1期、《复印报刊资料·中国现代、当代文学研究》第3期转载、《新华文摘》第6期转载)、《“人道主义”讨论：一个未完成的文学预案——重返八十年代文学史之四》(《南方文坛》第5期)、《“重返”八十年代文学的若干问题》(《山花》第11期)。在他看来，回到“八十年代”，不是回到某些形式化、仪式化的口号，主要是回到“八十年代文学”所提出的我们至今尚未解决的一些问题上去。“重读”是要清理一代人的历史记忆，通过知识考古学的途径对营造了一代人的世界观和文学观做“返回”式的考察，更多是“八十年代文学”的“社会学研究”。

本年度，获第四届华语文学“年度文学评论家提名”。

2006年，五十岁

1月，随笔集《京北十年》由山东友谊出版社出版，该书提出“至今为止，我国的当代思想史、文学史始终奇缺的是对‘同代人’精神状态史的研究”。

主张“与之调整到‘互动’的、‘同情’的和稍有‘距离’的状态”，“以‘当事人’的身份‘重返当代’”。

6月，出席在成都召开的中国当代文学研究会年会，当选中国当代文学研究会副会长，并任闻一多研究会副会长。

同月，受四川大学中文系陈思远教授邀请，做“评价新时期文学三十年的几个问题”的演讲，当时是演讲提纲，两年后整理成同名文章发表。

12月，学术随笔集《文字中的历史》由河南大学出版社出版。

本年度，程光炜与李杨共同在《当代作家评论》上开辟《重返八十年代》专栏。他们尝试通过将二十世纪八十年代历史化和知识化，希望挖掘在八十年代知识建构过程中被遗失、压抑或扭曲的一些元素，重现被遗忘或被改写的知识和思想——通过重新理解八十年代的文学与政治的关系，读解当下中国的文学与政治的关系，进而思考文学的位置和意义。

主持北京市哲学社会科学“十一五”规划重点项目“重返八十年代文学史”。

2007年，五十一岁

6月，赴台湾参加台湾中国现代文学研究会的会议。

7月，中国人民大学出版社出版《中国现代文学史》（第二版），该教材被列为“普通高等教育‘十一五’国家级规划教材”。

9月，应张清华教授之约，为北京师范大学中文系博士生做“当代文学的‘历史化’”讲座，此文在《文艺研究》上刊出。

本年度，程光炜对当代文学学科建设提出了自己的看法，观点集中在《当代文学学科的认同与分歧反思》（《文艺研究》第5期、《复印报刊资料·中国现代、当代文学研究》第12期转载）及《历史重释与“当代”文学》（《文艺争鸣》第7期、《新华文摘》第19期转载、《复印报刊资料·中国现代、当代文学研究》第12期转载）中。论文提出中国当代文学是否具有学科“自足性”的问题之所以一直令人疑惑，原因就在于它并未完成自身叙述的“历史化”过程，没有形成区别于其他学科的相对完整和稳定的一整套知识谱系。《历史重释与“当代”文学》是程光炜另一篇讨论二十世纪八九十年代以来“重写文学史”思潮的重要文章，它的重心是如何理解“当代文学”与“历史”的关系。

10月，参加北京市文联组织的学者代表团（其中有谢冕、黄慧林教授）访问北欧四国（芬兰、瑞典、挪威和丹麦），前后历时半个月。访问内容包括与芬兰文化教育部、瑞典教育部官员交流高等学校科研经费使用、项目申请及追踪最后科研成果等。

2008年，五十二岁

5月，受浙江大学中文系吴秀明教授邀请在该校演讲，题目为“文学史研究的‘陌生化’”。

6月，受吉林大学文学院张福贵教授邀请，做以“孙犁‘复活’所牵涉的文学史问题”为题的演讲。

本年度是程光炜集中研究当代文学史问题，以讨论的方式回应相关研究的一个年份，他发表多篇论文来阐述当代文学学科的历史化问题。《当代文学学科的“历史化”》（《文艺研究》第4期、《新华文摘》第13期转载、《复印报刊资料·中国现代、当代文学研究》第10期转载）一文可看作是他经过几年的思考后，对当代文学史研究问题看法的一次比较集中的展现。在程光炜看来，当代文学已有六十年的历史，它的“历史化”应该被提上日程。“‘历史化’观点的提出，针对的是始终把‘当代文学’当作‘当下文学’这种比较简单化的历史理解，是一种强调以研究者个体历史经验、文化记忆和创伤性经历为立足点，再加进‘个人理解’并能充分尊重作家和作品的历史状态的一种非常具体化的工作。”《文学史研究的“当代性”问题——在华中师范大学文学院的讲演》（《文艺争鸣》第11期、《复印报刊资料·中国现代、当代文学研究》2009年第3期转载），涉及如何理解文学史研究的“当代性”问题，除针对当代文学研究本身之外，还牵涉文学与历史、文学与当代社会、文学与学术史多重关系的理解。因此，该文发表后，文艺学研究界的同行还把它编入文艺学研究的多种论文集。

在二十世纪八十年代初，现代文学研究界多次开展了关于史料文献整理的讨论，有许多学者投入这一领域，并取得了丰厚的成果。受过现代文学研究训练的程光炜，在转入当代文学史研究之后，十分注意当代文学史料文献的搜集整理，同时也著文发表自己的看法。包括《“资料”整理与文学批评——以“新时期文学三十年”为题在武汉大学文学院的讲演》(《当代作家评论》第2期)、《孙犁“复活”所牵涉的文学史问题——在吉林大学文学院的讲演》(《文艺争鸣》第7期、《新华文摘》第18期转载)、《我们这代人的文学教育——由此想到小说家浩然》(《南方文坛》第4期)等。

本年度获宝钢教育基金优秀教师奖、北京市高等教育教学成果奖。

2009年,五十三岁

1月,程光炜与孟繁华合著的《中国当代文学发展史》(第二版),由中国人民大学出版社再版。程光炜重新撰写了《当代文学在八十年代的“转型”》等章节。

3月,程光炜编选的《中国新诗总系·第六卷(1969—1979)》由人民文学出版社出版,该书为谢冕主编《中国新诗总系》分册。

4月,论文集《文学史的兴起》由河南大学出版社出版,该书收录了程光炜有关“文学史问题”的论文,试图将当代文学研究界堆积的诸多“共识”和“行规”,重新“问题化”。

5月,受华中师范大学中文系黄曼君教授邀请,做题为“文学史研究的‘当代性’问题”的演讲。

8月,程光炜主持“乡土中国现代化转型与乡土文学创作学术研讨会”,丁帆、李锐、阎连科、孙郁、王尧、王光东、张清华、格非、陈福民、王兆胜、劳马、梁鸿等学者、作家参会。诸位学者讨论了“乡土文学创作与中国社会的历史转型”这一关涉整个二十世纪中国文学的重大问题。

9月,程光炜主编的“重返八十年代丛书”由北京大学出版社出版,包括:《重返八十年代》《文学讲稿:八十年代作为方法》《文学史的多重面孔:八十年代文学事件再讨论》,引起学界的广泛关注和重视。洪子诚先生撰文称,“重返八十年代”是这些年思想文化界和文学界关注的一个热点。在这方面，程光炜和他带领的几位年轻学者做了许多工作。他们通过审视、清理二十世纪八十年代重要文学事件以及相关的文学史叙述，重读重要文本，试图重叙、重释历史。罗岗先生则从中找寻“程光炜的‘深意’所在”，认为“现代文学”也好，“当代文学”也罢，如果不能真实地面对复杂的历史和变动的现实，只能沦为概念的游戏，而“重返八十年代”所要激活的恰恰是“现代文学”和“当代文学”曾经有过的回应“历史”与“现实”的那种“活力”。

10月24日下午至25日上午，程光炜主持的“当代文学研究的‘历史化’研讨会”在北京九华山庄召开。与会者提出，拆解“八十年代的文学”实践过程和知识制度之后，打开的是整个当代文学历史的新视野。

10月，论文集《文学的今天和过去》由吉林出版集团有限公司出版。

同月，受武汉大学中文系陈国恩教授邀请，在该校中文系做“资料整理与文学批评”的演讲。

12月，受南京师范大学中文系朱晓进教授的邀请，做“一篇文章与对‘伤痕文学’历史记忆和问题的检讨”的演讲。

本年度，程光炜还对二十世纪九十年代文坛变化、大众文学、新世纪文学兴起等进行了论述。《当代文学六十年通说》(《文艺争鸣》第10期）是一篇长达五万字的文章，可以看作当代文学“小史”。程光炜试图采用在政治史的框架里描述当代文学的传统方法，用“两个三十年”的时间来分述历史脉络。

与栾梅健从《文艺争鸣》第3期开始主持《近百年来中国文学史研究的反思》专栏。

2010年，五十四岁

享受国务院政府特殊津贴。

获第六届北京市高等学校教师名师奖。

9月至12月，应澳门大学人文学院副院长徐杰教授的邀请，担任该校中文系客座教授半年，讲授“中国现当代文学专题”“八十年代的文学与批评”两门课。

秋，出席上海大学中文系蔡翔教授主持的“学术圆桌”会议，做“八十年代文学研究的‘文学社会学’”演讲。

10月，应复旦大学中文系栾梅健教授的邀请，在复旦大学中文系做“社会学视角下的中国当代文学史研究”的演讲。

本年度，程光炜的“重返八十年代文学”研究着力点放在文学批评与文学经典化、作家作品与文学史研究的复杂关系的解读上。

自《长城》第1期，程光炜与杨庆祥共同主持《文本与历史》栏目，主要以二十世纪八十年代的叙事文本（小说、报告文学等）为对象，通过文本细读来分析文本自身的修辞、结构和叙事逻辑，以及这一切与文学的周边（包括文学环境、文学制度、文学话语等）的复杂型构关系；与此同时，研究历史是如何进入文本的，并对文本的“生成”、传播、经典化产生了何种影响，以及文本是如何通过叙述来加入、应和、改变历史的想象和叙述，并最终成为历史的一部分的。

2011年，五十五岁

主持国家社科基金项目“当代文学史资料长编”。

2月26日，程光炜在中国人民大学文学院主持“重审‘伤痕文学’历史叙述的可能性——阎连科新作《四书》《发现小说》研讨会”。陈晓明、孟繁华、梁鸿、杨庆祥、阎连科、邱华栋、李洱、张悦然、林建法、李莎（意大利汉学家、翻译家）等出席研讨会。

5月，程光炜、杨庆祥主编的《文学史的潜力——人大课堂与八十年代文学》由文化艺术出版社出版。

著作《当代文学的“历史化”》由北京大学出版社出版。程光炜在书中提出，当代文学已经有六十年历史了，应该可以看作历史现象了，这就需要用“历史的眼光”来看待当代文学的作家、作品和现象，把它们当作“过去”的东西，否则，你很难拉开与研究对象的距离，很难保持研究的距离和张力。

6月11日至12日，程光炜主持的文学院文艺思潮研究所与美国哥伦比亚大学东亚系在北京友谊宾馆联合举办“路遥与八十年代文学的展开”国际学术研讨会。对近年来的中国当代文学史研究领域而言，这是一次重要的学术会议，围绕二十世纪八十年代的重要作家路遥及其广泛传播的小说《人生》《平凡的世界》等，展开对八十年代以来文学与社会相关议题的研讨。研讨会以主题发言与青年学者圆桌会议两种形式陆续展开，拓展讨论了研讨会主题下涵盖的“隐蔽的歧视政治”“劳动者与劳动力”“身份”等相关问题。

10月，应香港城市大学中文系吴耀宗教授邀请，前往香港出席“后新时期中国文学研讨会”。

在人民大学文学院召开张炜《你在高原》作品研讨会，这是“著名作家进人大”第一场活动，主要目的是通过作家与批评家尤其是青年批评家之间的面对面交流，一方面把作家作品引入高校的教学和研究，另一方面也通过这种渠道形成创作和批评的良性互动，从而直接介入当代文学生产、传播和经典化的过程中。

11月，《中国当代文学发展史》（修订版，与孟繁华合著）转由北京大学出版社出版。《中国现代文学史》（合著，第三版）由中国人民大学出版社出版。

12月，发表论文《为什么要研究七十年代小说》（《文艺争鸣》第12期），该文显示程光炜的研究开始转向二十世纪七十年代小说，并提出它具有起点性的意义。程光炜提出，小说也是一种史料。研究者是在重温自己的历史。在他看来，目前的二十世纪七十年代小说研究应该具备两种视角，一个是“新时期文学视角”，另一个是

“七十年代视角”，它们是在一种新的辩证关系中出现的新的历史视野。

本年度，程光炜采用“文本细读”与“文学社会学”结合的方式，写出了系列文章。他将社会学、历史学、知识考古学转化为问题视角，进而发现作品在其研究中，不仅是一个文学史内部的“作品系列”，而且是一连串的历史事实、社会实践和作家心灵操练之间的互动磨合。

从本年度4月开始，程光炜与杨庆祥、白亮在《长城》主持《编辑与八十年代文学》栏目，在他们看来，离开了文学编辑史的文学史，显而易见是一部残缺不全的至少是不能让人信服的文学史。专栏试图通过“口述文学史”的方式对二十世纪八十年代文学的“编辑史”加以开掘和展开。

2012年，五十六岁

著作《文学讲稿：“八十年代”作为方法》获得第六届高等学校科学研究优秀成果奖。

3月，编选《中国现代文学经典阅读》，由北京大学出版社出版。该书为《中国现代文学史》（第三版）的配套教材。

7月9日、10日，程光炜主持工作的中国人民大学文艺思潮研究所与美国哈佛大学东亚系共同举办的中国当代文学史国际论坛（第二届）“小说的读法”主题研讨会在友谊宾馆召开。

这一年，程光炜的论文《文学的“超克”——再论蒋子龙小说〈机电局长的一天〉》（《当代文坛》第1期），被视为研究二十世纪七十年代小说起源性意义的一篇力作。在文章中，“超克”被内化为一种观察角度、一种研究方法。通过分析这篇转折年代的小说的“深层结构”，希望建立二十世纪七十年代小说与“八十年代文学”的内在关联，并为“八十年代文学”之兴起寻求新的解释的可能性。

发表论文《文学年谱框架中的〈路遥创作年表〉》(《当代文坛》第3期)，程光炜提出在学科历史化的视野中，逐步地建立作家的“文学年谱”，分门别类地把他们的文化地理背景、文学渊源和社会活动归入其中，加以具体细致和系统的整理，是需要重视的工作之一。在当时写作此文时，作者并没有意识到，“家世”研究对于当代小说家的重要性。这篇文章可能只是一种朦胧的尝试，直到两年后的2014年秋冬，程光炜才意识到这个问题。

本年度，程光炜开始在《文艺争鸣》主持《当代文学六十年》专栏，这个栏目的主旨是强调当代文学的文学史研究，它的范围包括大陆、台湾、香港和海外的作家研究专辑，作家口述史讨论，年谱研究，作品辑佚，史料考证与质疑等，是想把议论多年但始终没付诸实施的文学史研究，最终通过这个栏目得到落实。程光炜主持的专栏还包括《当代作家评论》第2期开始的《细读与历史》栏目，《小说评论》第3期开始的《七十年代小说研究》专栏。

2013年，五十七岁

从本年初开始，程光炜在与学生一起做了近两年的“七十年代小说研究”之后，把“重返八十年代”博士生讨论课课堂的重心转向“九十年代文学研究”上。在他看来，1993年的“人文精神讨论”，是继“人道主义讨论”之后新时期文学的另一场大讨论，它对中国当代文学的规划和走向产生了深刻影响。这场讨论在“文学与市场”以及相关的二十世纪八九十年代文学转型问题上，其实暴露出简单化、粗暴化的倾向。因此，现在更重要的是对这种倾向做必要的清理性的反思。

1月，与李洱在中国现代文学馆共同主持“九十年代文学——从‘断裂问卷’与《集体作业》谈起”。

6月，程光炜所在的中国人民大学文艺思潮研究所与哥伦比亚大学东亚系兼职研究员李陀合办的“小说工作坊”，围绕王安忆、韩少功、张承志、苏童等作家的创作转型展开学术讨论。该书稿后以《放宽小说的视野——小说工作坊》结集出版。

7月，参加北京师范大学国际写作中心与复旦大学中国当代文学创作与研究中心合办的“余华长篇小说《第七天》学术研讨会”。

10月，荣获第二届“当代中国文学批评家奖”，颁奖词对他数十年学术活动做出如此评价：“程光炜是近十年来有建树的当代文学史家之一。他以‘重返八十年代’为中心的文学史研究，对二十世纪八十年代作家、作品、思潮、制度、刊物、事件的重新解释，深化了中国当代文学史研究。他以文学史家的厚实与内敛的笔致，参与当下的文学批评，产生了一组被学界称为‘史家批评’的精彩文章，为当代文学批评增添了新的内容。”与此同时，出席在沈阳举行的《当代作家评论》杂志创刊三十周年学术研讨会。

2014年，五十八岁

1月，论文《〈心灵史〉的历史地理图》（《文学评论》第1期、《复印报刊资料·中国现代、当代文学研究》第4期转载），程光炜试图寻找另一种路径，采用“历史发掘”的研究方式，整理张承志人生、思想和创作的历史地图。在他看来，当人道主义、思想解放的西方思想动力在二十世纪九十年代转向微弱的情况下，是不是可以把加以改造的六十年代的思想遗产重新投放到文学潮流之中来获得新动力，这目前看来也许只是张承志一个人的提案。

3月，主编的论文集《七十年代小说研究》由中国社会科学出版社出版，这是国内第一部集中讨论和研究中国二十世纪七十年代小说的论文集。

6月，国际小说工作坊以“莫言、贾平凹的文学世界”为题，展开了热烈讨论。

10月10日，去山东高密参加“莫言与红高粱艺术节”活动。其间，参加莫言文学创作座谈会。

10月中旬，应澳门大学人文学院院长徐杰教授的邀请，时隔三年后，再次赴该校中文系担任客座教授。

12月底，受香港大学中文系詹杭伦教授的邀请，从澳门乘船抵香港，前往港大做“当代史与中国当代文学”的演讲。

2015年，五十九岁

4月，出席林建法先生在苏州常熟理工学院举行的“中国当代文学史研究问题”研讨会。

7月，到武汉大学参加导师陆耀东教授“《新诗史》第三卷首发仪式暨诞辰八十周年”学术研讨会。19日上午，与师母、小隽及几十名师兄弟赴墓地拜望导师。下午研讨。接受各家媒体采访，回忆导师当年提携教导点滴，讲述第三卷的撰写出版过程及其学术意义。

10月，去上海、扬州分别出席“九十年代文学”和“当代文论建设”两个研讨会。18日，到沈阳出席《当代作家评论》2014年度“优秀论文奖”颁奖活动，本年获奖的有程光炜的《八九十年代“出走记”——林白〈一个人的战争〉和〈北去来辞〉双论》以及陈晓明、孟繁华、王宁、黄发有等的论文。

10月底，应四川大学中文系唐小林教授的邀请，在川大做“九十年代文学研究的困难和问题”的演讲。

11月27日，参加北京师范大学“海外写作中心”举办的“先锋文学三十年国际学术研讨会”。

在《小说评论》开辟《作家六题》专栏，分别为：《作家与故乡》（第1期）、《作家与批评家》（第2期）、《作家与编辑》（第3期）、《作家与读者》（第4期）、《作家与阅读》（第5期）、《作家与文学史》（第6期）。

本年度，著作《文化的转轨——“鲁郭茅巴老曹”》（修订版），与李陀共同主编的著作《放宽小说的视野——当代小说国际工作坊》出版；主编的《中国当代文学期刊目录》（四百五十万字，杨庆祥、黄平分别编选上、下卷），即将由北京大学出版社出版。

著作目录

魏华莹 辑

1.《中国现代文学史》，程光炜、刘勇、吴晓东、孔庆东、郜元宝合著（2000年中国人民大学出版社初版，重印十余次；2011年改由北京大学出版社出版）

程光炜、刘勇、吴晓东、孔庆东、郜元宝的《中国现代文学史》，无论从其文学史观念、研究视野还是描述方式来看，都属于“重写文学史”最重要的成果之一，而且，该文学史的写作时间已经接近所谓“重写文学史”终结的时刻。

还值得一提的是该文学史对“左翼文学”的处理。例如，在第九章“时代激流中的左翼文学”中，“左翼文学”被置于一个比较开放的时空之中，时间上它被叙述为自现代文学发生以来“为人生”的文学的继续，空间上它被纳入“世界性”的左翼文学潮流。在这种视野中，“左翼文学”就不仅是一种意识形态的文学，而是意识形态、先锋实验、商业操作等多重力量作用下的文学话语类型，通过对这些历史侧面的“还原”，左翼文学与现代性的隐秘关联被叙述出来，用程光炜的话来说，就是“反抗现代性的现代性”，这种说法固然有点绕口，却是目前较为妥善的一种论述方式。

该文学史的作者深深体会到，所谓的文学史写作，归根到底就是一个文学叙事权力问题，没有任何一本文学史是真正客观的、公正的（如果真的有所谓的客观和公正的话）。该文学史的可贵之处在于，它没有利用文学史叙事权力去论证一个庞大的“逻各斯（Logos）”，无论这“逻各斯”是政治意识形态还是学术霸权话语。而是“通过大量的、不断的、多样的分析和解释……发掘出文学史文本中原不存在的、需要花费很多辛苦和精力才有可能发现的文学史文本更多的构成因素”。

——杨庆祥《中国现代文学史》（第二版）

2.《中国当代文学发展史》，孟繁华、程光炜合著（中国人民大学出版社2004年初版，2009年第二版；北京大学出版社2011年修订版）

在数量惊人的当代文学史之中，孟繁华、程光炜的《中国当代文学发展史》是少数的几部优秀著作之一。

我们很容易发现，孟、程试图在这两种文学史的基础上再创造出自己的叙述特色。从叙述风格上看，孟、程的文学史显然更倾向于洪子诚的史学性叙述风格，但是，无论在整体建构上，还是在问题处理以及知识的组织上，也都不同程度地体现出自己的特点。

孟、程的“发展史”同样将历史看作一种建构而非客观历史规律的呈现，同样强调历史知识的叙述性质，同样强调回到历史文本之中，同样强调经过考察历史叙述来考察中国当代文学的建构过程。

——王学谦《中国当代文学发展史》

3.《当代文学的历史化》，程光炜著（北京大学出版社2011年版）

2005年以后，程光炜发表了一系列关于当代文学学科建设、当代文学概念、“重返八十年代”的文章，并启动了“人大课堂与八十年代”研究工程，这些可以看作对当代中国文学知识制度的解构性批判和重新建构的企图，它们也显示了程光炜在学科理论及历史意识上的高度自觉。如果说钱理群、王富仁等人的文学史方法以及现代以来学术界的整体话语体系，可以称为“在启蒙思维中思考启蒙”，在“现代性思维中思考现代性”的话，那么，程光炜在对“当代文学学科”的思考与“重返八十年代”文学研究的实践中，则可以称为在“启蒙视角外思考启蒙”，在“现代性外思考现代性”。其核心在于，它试图跳出“启蒙框架”，跳出“现代性”思维，从知识生成的源头，去反思、梳理“启蒙”本身及以“启蒙”为核心的中国学术话语系统。同时，反过来，也对二十世纪九十年代以来当代文学研究中“非启蒙化”视角所带来的问题进行深刻的反思。这在他的几篇重要文章《当代文学学科的“历史化”》《文学史研究的“陌生化”》《孙犁“复活”所牵涉的文学史问题》《一篇文章与对“伤痕文学”历史忘记和问题的检讨》《重访八十年代的“五四”——兼谈中国现代文学研究的“当下性”问题》中都得到深入的阐释。

而在学术界产生广泛影响的“重返八十年代”文学研究质疑了当代文学界和思想文化界一个非常重要的原点性问题，即“八十年代的不言自明性”。“重返”的目的不是进一步求证与认同，也不是颠覆与否定，而是以新的方式，重新进入历史，去发现“八十年代”的被建构性与生成性，把铁板一块的“八十年代”变为一个个“事件”，去寻找它的话语组成，它的阶层性、知识性与意识形态性。

程光炜认为，“重返八十年代”的研究工作“所面对的是一个已经在大学教学大纲中变成‘文学场域’的‘八十年代文学’……这就需要我们既在本学科的‘想象共同体’内设计问题，探讨研究的方法，同时，也应把这一‘共同体’作为自己讨论的对象”。也由此，他把首要研究目标设置在对“八十年代文学”常识性概念的再解读上，从“伤痕文学”“反思文学”“改革文学”等一个个已经被固化的文学史概念入手，把分析的视角落实到这些概念的话语层面，从概念所涉及的多个话语及这些话语所构成的空间来重新探索其生成的原因。

2008年、2009年出版的《文学史研究的兴起》《文学讲稿：八十年代作为方法》《文学史的兴起》可以看作是程光炜推出自己的研究方法论的标志性著作，福柯知识考古学的“话语理论”和埃斯卡皮的“文学社会学”是其理论核心。“我把这种方式表述为‘历史分析加后现代’，或叫中国传统的史学研究加福柯、埃斯卡皮、佛克马和韦勒克的方法。这种表述当然比较简单。具体点说，我更倾向于从文学当时发生的实际历史情况出发，对历史抱着同情和理解的态度，而不是拿某种既定的理论方法去找问题，强行让历史材料服从这些理论方法。自然，在搜集、消化和整理这些材料的基础上，我们会用一些所谓的理论，这种理论我觉得也不尽然是福柯呀、佛克马呀、韦勒克呀、后现代什么的，而是从理论中提取一些与今天语境比较密切的成分，然后再通过它们去重新激活问题。如果更准确地概括，可以称之为‘文学社会学’的研究方式吧。这就是把过去当代文学研究比较强调‘作家作品’的研究方式，稍微往‘文学及周边研究’方面靠靠，通过把过去的研究成果‘重新陌生化’，再重新回到‘作家作品研究’当中去。”

——梁鸿《程光炜：“知识—社会学”批评及其历史意识》

4.《文学讲稿：八十年代作为方法》，程光炜著（北京大学出版社2009年版）

如果简单地以一个身份命名程光炜教授近年来的学术研究，最合适的应该是文学史家。这不仅基于程光炜主编、合著或专著的《中国现代文学史》《中国当代文学发展史》《中国当代诗歌史》等著作，更基于程光炜自2005年以来以“重返八十年代”为中心的文学史研究对于二十世纪八十年代作家、作品、思潮、制度、刊物、事件的重新阐释，这批研究成果陆续结集出版（主要有《文学史的兴起：程光炜自选集》《文学讲稿："八十年代"作为方法》《当代文学的"历史化"》等）。在当代文学史研究脉络上，程光炜教授可谓洪子诚教授之后，当代文学领域最重要的文学史家。

"史家批评"这个概念，为分析程光炜"重返八十年代"转型以来的文学批评，提供了一个富有洞见的视角。本文正是在此基础上尝试更为全面、深入地展开。就发展脉络而言，笔者将程光炜2005年至今的文学批评分为三个阶段：2005—2006年以文学史研究为中心的通过具体作品对于"文学成规"的讨论；2007年至今从"文学史"视野出发对于重要作家的重新理解与定位；2010年以来在"改革"的历史进程与社会转型中对于当代作家作品的重新理解，由此达到对于"当代中国"的历史分析。

以上三组批评文章，不仅在文学批评的意义上重读重要作品，更在文学史的意义上重新定位重要作家；笔者觉得尤为关键的是，程光炜近一两年的文学批评，正在打开"文学"与当代中国历史进程的复杂关联，提供了一种重新理解当代中国的方法与可能性，这也是"重返八十年代"学术思潮正在发生的重要变化：不限于学科内部的"历史化"，而是重建"文学"与"历史"的关系，以"当代中国"为最终的阐释对象。

如上可见，程光炜批评文章的一大特色，在早期文章中已经展露端倪，他把当时批评家的批评话语视为文学成规的症候式表征，强调有距离地而非认同式地重返历史现场，梳理彼时的批评话语所构成的种种限定。这种批评方法，可以称为批评之批评、研究之研究。比如，在《文学的紧张——〈公开的情书〉〈飞天〉与八十年代"主流文学"》中，程光炜直接点出研究的"问题意识"："二十世纪八十年代，'主流文学'是怎样面对'内部'问题的？比如，对靳凡《公开的情书》、刘克《飞天》这样与汪曾祺《受戒》不同的'伤痕文学'，它为什么表现出那样的愤怒和不安？它是在什么基础上把前者视为八十年代的'异端'的？这种关注可能牵涉到八十年代'主流文学’的复杂构成，也牵涉到评价具体文学作品的不同看法，例如，怎么看那些‘定论’，什么是‘越轨描写’，为什么对那段历史可以在报纸上重新‘评价’，而到了文学作品中，成为很大的‘问题’，等等。另外，以两篇小说为例，人们更希望了解，正在与时俱进的‘主流文学’是否仍有一道最后的‘底线’不能触动，不可冒犯？”

在《革命文学的“激活”——王蒙创作“自述”与小说〈布礼〉之间的复杂缠绕》中同样如此，这次比较的对象不是不同作家作品，而是作家创作“自述”与自己作品之间的关系，通过细致的分析梳理，程光炜不再把“意识流”视为纯粹的艺术手段，而是看作绕开成规的尝试，由此理解当时的“时代环境”所匹配的“叙述新模式”：“《布礼》对‘典型’叙述的暧昧、贴近、偏离或强调，说明它依然牢固和难以割舍的‘革命’情结。同时也表明《布礼》企图借助‘意识流’这一非常规的艺术手段来解除‘典型论’的封锁，通过反抗、磨合而与它达成一种‘新型’的文学妥协关系。它更试图松弛正统与异端、必然与偶然、中心与边缘、整体与碎片的制约功能和对立模式，以《布礼》等作品为‘样本’来探求和尝试一个与时代环境大致相匹配的叙述新模式。”

——黄平《史家批评：程光炜近年来的“文学史批评”》

5.《文化的转轨——“鲁郭茅巴老曹”在中国（1949—1981）》，程光炜著（北京大学出版社2015年版）

相较2004年旧版后记言之凿凿要以“现代性”为主线，回答“现代文学和当代文学之间是如何‘转型’的这一问题”，十年过去了，程光炜教授在修订本后记里更多强调的是“后退”与“混沌”。他讲到客居澳门讲学的寂寞生活，如何使他带着距离感和陌生感返回旧作，不仅要在知识结构上清理“新时期进化史观”的影响，更“感觉到那种所谓‘历史之同情和理解’的东西”“生活在当代史中的我，其实不过是他们文学作品所记录的历史之一部分而已”。因此，看上去研究对象不变，仍重在铺叙郭沫若、茅盾、巴金、老舍、曹禺等几位现代文学史上经典作家1949年后的人生际遇与文学活动，但修订版在方法论上已更加自觉。这种自觉来源于德国历史学家德罗伊森那样对“解释学”视角的重视，“历史知识是现今（社会及个人）借着过去事迹为媒介的自我认识”“‘理解’之为历史知识的条件，指的是，历史主体在剖析过去经验时，把自己牵连进去而造成的建设性力量”。可以说，除了持续探讨二十世纪五十至七十年代当代文学“建史”的深度机制，这本“新著”更自觉反省形成这一问题焦虑的原因，回应与清理现当代文学学科中那些充满立场、情绪之争的知识与命题，因而带入了程光炜教授近些年从事“重返八十年代研究”的成果与思考。

修订版最大的改动是完全删除了初版最后一章“文学大师与现代性问题”。二十世纪九十年代中期兴起对中国文学现代性特殊经验关注的思潮，一方面如洪子诚老师所述，启发研究者不再“将现代文学向当代文学的转变，完全看作‘外力’强制实施的畸变”，而是重新认识左翼文学发生的合理性，发现二十世纪四五十年代文学转折的内在依据；但另一方面，过分理想化“反现代的现代性”论，又可能无法回应当代文学“在经典化、制度化过程中的‘自我损害’”。

如果说新世纪初洪子诚《问题与方法》、贺桂梅《转折的年代——40—50年代作家研究》等著作侧重在前一个方面论述“当代文学之发生”，程光炜教授初撰《文化的转轨》，则聚焦经典作家个案，尝试思考后一个方面的问题。接续2001年、2002年以“动员式民族主义”为核心的红色经典研究，初版《文化的转轨》仍从民族国家的文化政治建设角度入手，将“转轨”的发生上溯至二十世纪三四十年代，认为是“五四”内部分化的结果，是激进主义现代性对自由主义现代性的征服与取代。

虽然类似结论直到今天仍被现当代文学研究者普遍征引，但程光炜教授自己已果断告别了对“现代性”的理论迷思。他大量删减了初版目录中那些带有结论性的章目，称要做“被描述的历史”，而非“讨论的历史”：“我自觉要回到当时的环境中，至少是把当事人比较真实的心态、情况和问题尽量给描述出来。”

“被描述的历史”一反“以论带史”的思路，警惕后设史观或宏观概括与理论模型可能对历史复杂性造成的遮蔽。它一面是在严谨的史料考证基础上主张让材料自己说话，一面又自觉在已有研究结论的框定之外补充那些歧义的，甚至自相冲突的片段。这种修补绝不是简单的“翻烧饼”，经过这十年不断自反推进的学术积累，从《孙犁“复活”所牵涉的文学史问题》等重要论文里，即可看出程光炜教授对“剥离式”研究的警惕。例如《文化的转轨》中郭沫若一章的处理，开篇就提出“郭沫若形象”的完整性问题，既反对所谓“无耻文人”的简单诟病，也不以郭沫若、陈明书信的孤证用“逢场作戏”说为郭沫若开脱。现当代文学研究里的“翻案研究”屡见不鲜，在程光炜教授看来暴露出的却是“我们自己在时代中所处的位置”，如果这个位置的错动本身未得到深刻的历史审视，历史中人事纷杂所蕴含的丰富内容就只能流于猴子掰玉米式的一叶障目。

——杨晓帆《人事体察与“被描述的历史”——读程光炜著〈文化的转轨——“鲁郭茅巴老曹”在中国（1949—1981）〉》

6.《文学史二十讲》，程光炜著（东方出版中心2016年版）

《如何理解先锋小说》恰好示范了上述“有距离的研究”。我们今天惯常理解的先锋小说，“某种意义上也可以说是二十世纪八十年代作家、批评家和编辑家根据当时历史语境需要而推出，经‘文学史共识’所定型的那种‘先锋小说’”；而对于“先锋小说”的理解恰好又成为观照当代文学史的核心部件，“‘新时期文学三十年’事实上已经变成了一个以‘先锋小说’为中心的历史叙述。二十世纪八十年代的‘文学思潮’被理解成是‘先锋小说’不断克服‘非文学干扰’而最终获得‘文学性’的历史性结果。但在这一历史叙述过程中，它的文学‘前史’，堆积在文学史断层周围的大量文学知识碎片，则由于后来文学史‘分析’‘归纳’‘总结’等功能的‘过滤’和‘筛查’，而很可能已经永远地消失”。

“文学的周边”几乎成为《文学史二十讲》的关键词，对于这一“方法和眼光”，或许有两点值得注意：首先，“文学的周边”大体都是非文学、非审美的因素。“既然文学就生活于一种‘非文学’的环境中，那么为何将它主观地剥离出来，而对它的背景置若罔闻？尤其对二十世纪八十年代初期的文学来说，不能深刻地理解文学周边的非文学因素，就无法理解什么是‘真正’的文学，因此，我们也不可能展开真正的文学研究。”诚如彼得·伯克所言：“知识的选择、组织和陈述不是中立和无价值观念的过程。相反地，它是由经济和社会及政治制度所支持的一个世界观的表现。”麇集在文学周边的所有信息和碎片，都是上述世界观具体而微的表现，它们都会不同程度地作用到文学知识的“选择、组织和陈述”。文学研究者根本没有理由去忽视它们，我们不必问非审美因素是否有必要进入文学研究领域，而只要问，这些因素因“社会思潮经常性膨胀和冷缩”，我们如何对其进行恰如其分的定位、选择、覆盖和穷尽。

程光炜先生对福柯的化用是卓有成效的，再以《八十年代文学的边界问题》为例说明。该文处理“八十年代文学”“多源头的发生”：“二十世纪八十年代文学并非都发源于地下文学，它也发源于多重不同的思想资源和文学资源”；“二十世纪八十年代文学还与七十年代其他小说之间存在着错综复杂的渊源关系，比如当时公开发表小说、工农兵作者小说、知青小说等。在这一特定历史场域里，诸多文学现象和流派观念纠缠对立或是彼此混淆，代表着不同的文化传统和历史话语。更值得关心的是，不少‘新时期作家’都带有‘七十年代作家’的跨界性身份。”程光炜以《公开的情书》和《机电局长的一天》为例证，以前者为代表的地下小说成为很多研究者“圈定二十世纪八十年代文学边界”的重要依据；而后者写作于1975年11月，发表于《人民文学》1976年第1期，“已经开始尝试着建立关于‘改革开放’的‘认识性装置’。这样二十世纪八十年代的改革文学，就可以一直追溯到七十年代改革文学的缘起上”。上述两部作品放在一起，可以看出“一个不能公约年代人们精神生活的并置性的特点。这种‘并置性’是我们今天认识七十年代小说的最困难的地方。研究者需要克服的，是当我们把地下小说设置为一种历史界限和文学标准，应该在哪种范围内和层次上同时也把其他公开发表的小说吸纳进来”。这一路读来，我们仿佛看到一位田野工作者在沟壑纵横的大地上测绘地貌，勘探边界。

——金理《文学史研究的“一身二任”——〈文学史二十讲〉读记》

后　记

收入本书的，是我回顾学术道路以及记叙老师和学生的长短文章，取名《自我的觉醒——八十年代文学论》。

“当代文学史研究”和“当代文学访谈”中有评论当代作家作品的文章，前者既有按照论文要求撰写的文章，也有讨论学术问题的序言，后者是学术漫谈。

“当代学人剪影”里所收短文，一部分是写给陆耀东、谢冕先生的。当年考博，我分别联系了他们，后来选择报考武大，但谢老师曾两次热情地写出专家推荐信。到北京就职后，我又得到谢老师的照顾，所以在我心中，是有两位先生的。因为我早年治诗，故与吴思敬先生往来较多。张书绅先生是甘肃《飞天》杂志的老编辑，我读大学时，曾热爱写诗。当时，他主持的《大学生诗苑》颇受大学生诗友关注，于是全国各地学校的学生纷纷投稿，记得最早在此栏目上发表作品的，有北京广播学院的叶延滨、武汉大学的王家新、云南大学的于坚等。我当时写诗决心很大，没想到半途而废，幸而张书绅先生不弃，得以与上述几位诗友结缘，在诗坛混了几年。听闻书绅先生故世，应约写出此文纪念。本来，还应再写与牛汉先生、曾卓先生、孙玉石先生和洪子诚先生交往的文字的。我曾专程去府上拜访过牛汉、曾卓两位先生，他们身上，有老读书人的修养和韵味。我还记得在汉口曾老师家里，他一边放着古典音乐，一边给我读自己的新作的情景。可惜那时候不兴访谈，除去聊天，并未有意识了解他们过去历史的原委。牛汉先生仅偶尔提到，只是一句带过，否则这些内容留下来，也是不错的文学史料。谢冕、孙玉石、洪子诚三先生有“北大诗歌三驾马车”的美称，在与几位老师的认识交往中，我参与他们的博士生的毕业答辩，帮谢老师编《百年中国新诗》某卷，以及与洪老师更为频繁的日常来往，也有了这种印象。

“学术自传”主体部分，由我的学生魏华莹博士所撰，此乃从她所著十余万字的《程光炜学术年谱》中节选而成。华莹作此小传，估计花费了不小功夫。应《名作欣赏》主编傅书华教授热情邀约，我将其中节选部分，在该杂志上以《程光炜别册》之名刊出，之前已有钱理群、洪子诚、陈思和、夏晓虹诸先生的“别册”发表，凑到一起，算作一个系列。华莹写出初稿后，我对自己生平部分，以及她不知道的生活杂事，稍作增订补充。

我带学生，是二十世纪九十年代初在中国人民大学文学院任教之后。我为学生作的序文包含在“当代文学史研究”和“当代学人剪影”两部分中，钱文亮和陈均是我在信阳师院和湖北师院任教时的老学生，一直交往，于是为他们的著作作了小序。其余各位，均为中国人民大学毕业的博士生，当时他们撰写毕业论文，我与他们多有磋商，待博论修订出版，勉强写出序文，对一些事迹略作交代。这些老学生先后取得了学术成绩，事后追记，既带有回顾性质，也可见出我在这所大学几十年学术生涯的一二掠影。

最后，感谢韩春燕老师的邀约，是她促成我编成此书。

2019.3.17记于家中

2021年底再改